B級恋愛グルメのすすめ

島本理生

角川文庫
19596

B級恋愛グルメのすすめ

目次

ラーメン女子の実態

以前、女友達のブログを読んでいたら
『私の友人に、健康志向なのにラーメンマニアの子がいます』

と書かれていて、困惑したことがある。

「それは健康志向でもなんでもない！」

と突っ込みを入れてハタと気付く。

その矛盾だらけの健康志向とは、ほかでもない私のことなのである。

ここ数年（エッセイ連載時は二〇〇九年です）、あまりに麺《めん》まみれな生活を送っているため、普段はできるだけ質素な食事を心がけている。

それというのも真のラーメンマニアを目指して、日々、

『常連店』『数回だけ来店』『新規開拓店』

……の三つをぐるぐる巡って、研究にいそしむ使命が課せられているからである

（むろん誰もそんなことを私に求めていないのだが）。
近頃では、担当さんとの打ち合わせ中に、話題が途切れると
「最近、美味《おい》しいラーメン屋さん、ありましたか？」
と話をふられる。
途端に目をキラキラさせ、嬉々《きき》として語りだす私。
同年代の友人たちが銀座《ぎんざ》のチョコレート屋にうきうきしているのに比べ、あまりに暑苦しい。
そこまで普及活動にいそしんでいるわりには、あきれ果てた女友達から
「理生《りお》ちゃんに比べると、私はそこまでラーメンが好きじゃないことに気付いた」
と言われて悲しい思いをする。
最近では、男性の中にも草食系が増加しているため、いっそう肩身が狭い。
彼らは、飲み会の席で、私が
「ラーメン大好きなんです」
と発言しようものなら
「ふうん。俺は、あんまり脂っこいものは食べないな。肉よりも魚とか野菜が好きだから」

などと、なぜか優越感に満ちた表情で返してくる。

まるで脂・肉派よりも、魚・野菜派のほうが人として徳が高いような言い草！

一度、男性との食事中に、味の好みで意見が割れたら

「化学調味料で舌が麻痺《まひ》してんじゃないの？」

とからかわれた。

とっさに頭に血がのぼった私は、我を忘れて椅子から立ち上がり

「あんたにラーメンのなにが分かる!!」

と逆上したために、その場は一瞬で険悪な雰囲気におちいった。

その後、二人の仲が恋人に発展することはもちろんなかったが、私の剣幕に恐れをなした彼からは、時々、深夜に電話がかかってきて

「××にいるんだけど、美味しいラーメン屋あったら教えて」

と頼られるようになり、ラーメン研究家としてはまずまずの地位を得たと思う。

そもそも今でこそラーメン屋で麺をすっては、海原雄山《かいばらゆうざん》ばりのうっとうしさで「うーむ」「これは」と一人呟《つぶや》く奇行をくり返しているが、子供の頃はむしろラーメンといえばインスタントだった。

ところが十代の頃にアスリート系男子と交際したところから、道を誤ることに。

運動している男の子の食欲というのはものすごく、夜中でも平気で「今からラーメン屋に行こう」

と誘ってきたりする。

そして若い頃というのは、『あなたにどこまでもついて行くわ』状態に陥りやすいもの。一緒にラーメンを食べ続け、特集番組や雑誌をチェックしているうちに、すっかり女子らしからぬラーメン好きに。

そして彼にはどこまでもはついて行かなかったのに、ラーメンのためならどこまでも行く女になっていたのだった。

最近も、仕事が進まなかった夜に気分転換をかねて、環七通《かんななどお》りを自転車で爆走していたら味噌《みそ》ラーメンの店を発見した。

「うむ……北海道《ほっかいどう》の西山製麺《にしやませいめん》から仕入れてるのか。ちょっと寄ってみようかな」

と思い、入店。

店内では数人の男性客がラーメンを啜《すす》っていた。

いざ食べ始めると、具もたっぷりで美味しかった。わーい、と心の中で喜んでいたとき、なにやら背後でばたばたと音がした。

私がびっくりして振り返ると、店員さんが申し訳なさそうに言った。

「すみません。これからテレビ番組の撮影があって、店内にカメラが入ります」

その瞬間、私の脳裏に、深夜にノーメイクの女一人ラーメンというひどい組み合わせで、全国の笑いものになる自分の姿がありありと浮かんできた。

「も、もしかしたら何万人という視聴者の中には一人くらい私の読者がいて、恋愛作家としての幻想をぶちこわしにして大事なファンを失う可能性がっ……ピーンチ!!」

などと妄想たくましい上に自意識過剰な私は動転し、すさまじい勢いでラーメンを完食して、店から逃げたのだった。

女子として一生の恥を掻《か》くところだった私だが、それでもラーメン熱はおさまらない。

仕事で地方へ行くときも、自由時間になると交番へ行って美味しいラーメン屋はないかと尋ねてしまう。

実は交番のおまわりさんというのはラーメン屋にめっぽう強い。あの店はスープが濃いけど美味《うま》い、などと細かい味まで熟知していたりする。

そのため地方で美味しいラーメン屋を探すときには交番か、タクシーのおじさんに尋ねるようにしている（ご当地ラーメンのある街では、たいてい地元で発行している

『ラーメンマップ』なるものがあるので、ついでにそれもコピーさせてもらう)。

そしてたどり着いたお店が行列だった場合は、並んでいる人数をかぞえて待ち時間を予想する。十人で二十分以内、二十人で四十分以内がおおよその目安だ（席数や店員さんの人数によっては大幅に前後します。念のため）。

ここまで読んだ女性読者はさぞ、なんの役にも立たん……と脱力したことと思う。

ところが、先日、そんなラーメン屋でまさかの恋愛フラグが立ったのです。

少女漫画ではまずお目にかかれない奇跡は、深夜のラーメン屋で、私がまたこりもせずに一人でラーメンを注文した直後にやって来た。

待ち時間を持てあまし、ふととなりを見ると、そこにはほろ酔いのサラリーマン。

つかの間、交わされる視線。

どこかためらうような雰囲気。

とうとう彼が、思い切ったように口を開いた。

「よく、お一人で来るんですか？」

……えーっと。この場合、なんと答えるのがシチュエーション的には正解なんでしょうか。て、正解なんてないよ！　ここ、おしゃれバーじゃなくてラーメン屋だし！

女子が通い詰めていい場所じゃないし‼

仕方なく、まったくべつの意味で恥じらいながら
「は、はい。たまに」

と答えた私に、男性は嬉々として語り始めました。都内で深夜営業しているラーメン屋話を。

「一風堂《いっぷうどう》は良いですよねー。サイドメニューもたくさんあって」

「……そうですね。私は、吉祥寺《きちじょうじ》店によく行きます」

「僕は恵比寿《えびす》かなあ。一蘭《いちらん》は行ったことあります？」

「渋谷《しぶや》店なら」

「そうそう。ちょっとジャンク風味ですけど、花月《かげつ》とか天一《てんいち》も好きなんですよ。でも女性一人でラーメン屋なんて勇気ありますねえ！　あははは」

あはははじゃないよ。

陽気に顔から脂を出してるサラリーマンの隣で、私はどんどん猫背になり、そそくさとラーメンを啜って、お店を後にしたのだった。

やっぱりラーメンと恋愛って遠すぎる……と思った女性読者のみなさん。

だけど、なんだかんだ言っても、男性には圧倒的にラーメン好きが多い。

だからもし、あなたの恋人が菜食主義とかスローフード推進派じゃなければ、ぜひ

とも一度
「私、今度のデートはラーメン食べたいな」

と言ってみてほしい。

「おまえ、ラーメンでいいのっ？」

と彼はびっくりしつつも、なんて良《い》いやつ……と好感度が上がるに違いない。

女性慣れしていない人ほど、男子の集まる場所に詳しいので、彼が主導権を握ることができるし
「私、広尾《ひろお》にイタリアン食べに行きたいなー」

などの予算不透明な要求と違って
「野口英世《のぐちひでよ》が二人いれば余裕だあ」

と心の安定も得られる。

そんなわけで、なんとかしてこの世にラーメン好き女子を増やすため、今日も布教活動にはげむ私なのだった。

日本酒よもやま

お酒の中では日本酒が一番好きだ。

最近はワインに浮気してたものの、きりっと冷えた日本酒にちょっとクセのある肴《さかな》の組み合わせはやっぱり最高だと思う。

軽く炙《あぶ》った、香ばしくてほろ苦いホタルイカ。

瑞々《みずみず》しい大根の薄切りに、そっと載せたからすみの塩気。

ふわっふわの白子の唐揚げは、頬張った瞬間に、旨《うま》みが熱でとろーっと溶け出す。

「ああ……これぞ日本の心っ」

と思わず感極まってしまう。

今の一言に思わず「おっさんか！」という突っ込みを入れたあなた。

そう、日本酒はとかく、おじさんの飲み物、というイメージが強い。

私に日本酒を教えてくれたのは、まさにその「おっさん」であり、学生時代の恩師

F先生だった。

日本酒好きのF先生は、教え子たちを飲みに連れて行っては、気前良く奢《おご》ってくれた。そのうちに味の区別がつくようになったのだ。

と言うと、なんとも素敵な足長おじさん話に聞こえるが、実際は疲れたサラリーマンだらけの居酒屋で若い女子をはべらせてることに、F先生はものすごーく優越感を抱いていたらしく、酔っぱらうたびに

「ツキコさん、お酌をしてください」

などと言い出し、私たちを凍り付かせた。

ちなみにツキコさんというのは、川上弘美《かわかみひろみ》さんのベストセラー小説『センセイの鞄《かばん》』の主人公の名である。

この小説は、妙齢のツキコさんと元高校のセンセイとのおもむきある恋愛物語で、おそらく女性以上に

「老いてから、こんな恋ができるなんて！」

と中高年男性のハートを鷲掴《わしづか》みにした名作。F先生はこの小説の大ファンなのである。

それでもスポンサーの機嫌を損ねてはいけないと、妄想に付き合ってお酌をすると、

F先生はますます調子に乗って
「俺のまわりはツキコさんがいっぱいで大変だなあ。これじゃあ、月じゃなくて、星子さんだな！」

と腰砕けのオヤジギャグまで炸裂《さくれつ》させ
「このメニューの日本酒、右から順番にぜんぶ持ってきてもらおう」

などと無茶を言い出し、教え子たちをでろでろに酔い潰《つぶ》した挙げ句に
「歳を取るとな、酒に酔わなくなるんだよ」

などと嘘か本当か分からない台詞《せりふ》を残して、自分だけが上機嫌で帰っていくという、とんでもない恩師だったのだ。

そんな酒豪修業を経て、日本酒を飲んでも抵抗のない体が出来上がったのでした。

しょーもない経緯はとにかく……。

よくお酒のCMで、和服姿の美しい女優さんがお酌をして、男性がにんまりという光景を見かける。

日本酒は条件さえそろえば、女性を色っぽく見せてくれる、素敵な飲み物だ。

暑い季節、夜のビアガーデンでビールジョッキを打ち鳴らし

「いやあ、夏最高！」

みたいなテンションで酔っぱらうのも楽しいけれど、淡い夕暮れ時に、しっとりと浴衣《ゆかた》でも着て髪をアップにし、お酒の好きな男性を呼び出して

「私、今日は日本酒の気分なの……」

などとねだったら

「えぇー、大丈夫かなあ。君、あんまりお酒強くないでしょう」

などと口先だけでは心配しつつ、男性の鼻の下は地面に着きそうな勢いで伸びることと請け合いではないだろうか。

グラスの持ち方一つ取ってみても

『片手でがっしり摑《つか》んだビールジョッキ』

『両手で包み込むように持った、小さいグラス or お猪口《ちょこ》』

その優美さを比較すると、アブラゼミとアゲハチョウほどの差があると思う（いや、ビールも大好きですが）。

余談だが、酒に強すぎて、飲み屋でナンパされても相手が先に潰れるという悩みを持つ友人リョウコと飲むときには

「ペースが速くて面倒だから、お互い手酌で」

という暗黙のルールがある。ここまで慣れて合理化が進むと、優美さのカケラもなくなる。

私の残念な話はさておき、こんなふうに日本酒の魅力を説かれても
「でも、そもそも美味《おい》しさが分からないし」

と言われることもある。

そんなときにすすめるのが発泡清酒で、『すず音《ね》』なんかは爽《さわ》やかで甘くて、優しいスパークリングワインみたいな味がして好きだ。

正直、二、三杯目になると、どんなに名前を覚えようとがんばっても、翌朝には
「美味しかったという記憶だけはあるのだけど……」

ということが多々ある。

作家をやっていて嬉《うれ》しくもおそろしいのは、まわりにお酒好きの人が多いことだ。

同業の作家さんたちと飲むときはとくにすごく、死闘を繰り広げるような勢いでばったばったと酒瓶が空になっていく光景に、毎回、全員の早死にを予感する。

そして酔ったときにする話と言えばドストエフスキーやマルケス……などではなく、もっぱら下らない話なので、翌日になると自己嫌悪に陥る。

先日も食事そっちのけに飲みまくってヒートアップし、とんでも彼氏列伝が勃発《ぼっぱつ》。

やれ、『女癖の悪すぎる学校の先生』だの『やたら爆弾に詳しかった彼（いきなり百本の花火を買い込もうとしたところを必死で止めた）』だの『おじいちゃん』だのの話が飛び出し、二軒目のワインバーでは若い男性店員を前に、酔っぱらった一人が
「私たちの恋愛話に見合うだけのっ、この店で一番濃い酒出して！」
と言い放ち、店員をドン引きさせていた。
そんな猛者《もさ》たちが、今年の夏は屋形船を借りよう、などと言い出したものだから、私は風流な屋形船が地獄の泥船と化すのではないかと戦々恐々としているのだった。

危険な夏の恋がしたい

夏は恋の季節である。

ほかの季節ならためらってしまう大胆かつ危険な恋愛も、夏だけは許される気がする。

というような話を、居酒屋で酒豪仲間のリョウコにしたところ、彼女にあきれ顔で指摘された。

「あんた、危険な恋だったら年がら年中してるじゃん。もともとダメな男好きなんだから」

「…………」

しかしっ、この場合の危険とは
『痴話喧嘩《ちわげんか》でいきなり背負い投げされた』

『帰ったら、部屋中の物が壊されてた』

『泥酔状態で押しかけられて、一緒に心中しろと迫られた』等々の危険とは別物のはずである。そんなのは単に身の危険であって、もはや恋とは関係ない。

そんな私が、先日、行きました。女子四人で夏の！　沖縄《おきなわ》へ！

なにも起こらなかったです。

それどころかホテルのビーチで、缶ビール片手になぜか差別問題についての議論が白熱し、ある意味、ディープすぎる夜を明かしました。とほほ。

それにしても沖縄料理は素晴らしかった。

宿泊していた恩納村《おんなそん》近くの『しまぶた屋』という居酒屋では、アグー豚を食べまくり、とろけた角煮（ラフテー）や肉汁あふれる焼売《シューマイ》に大興奮。

翌日、シュノーケリングで疲れた後には、『なかむらそば』という沖縄そばの有名店へ行き、優しい味のソーキそばでほっと一息。

オリオンビールも軽くてごくごく飲めるし、泡盛をマンゴーやパイナップルで割ったカクテルは、濃厚な甘さとフレッシュさがやみつきになった。

なんといっても一番の思い出は、離島へ行ったことである。

滞在中日、私たちは沖縄本島からフェリーで離島に渡った。

青空の中、植物の生い茂る道を自転車で走り続けて、とうとう視界が開けたときには、コバルトブルーの海が広がっていた。

みんなで記念写真を撮ってから、各々散歩タイムに。

私は一人で鼻歌を歌いながら、遠くの浅瀬まで歩いていた。

そのとき、誰かがゆっくりとこちらへやってきた。

それは漁をしていた地元のおばあちゃんだった。強烈な日差しの下、藁《わら》の帽子をかぶっているため、表情は真っ暗で見えなかったが
「あんた、ウニ食べるかえ⁉」

いきなりそんなことを言われ、私は考える間もなく
「た、食べます！」

と即答した。

するとおばあちゃんは獲《と》ったばかりのウニをその場で叩《たた》き割り、海水で洗って、こちらへ放り出した。

私はおそるおそるウニを指ですくい、口に入れた。

ほろ苦い海水と、ウニの甘さが口いっぱいに広がり、海をまるごと食べているような錯覚に陥った。

顔を上げると、おばあちゃんはすでに遥《はる》か先の砂浜へと遠ざかっていた。

私は大声で、ありがとうございますー、と叫びながら手を振ったのだった。

その話をしたところ、皆からとてもうらやましがられた。

てへへと照れ笑いしつつ、ちらっと思ったのは
「もし、あのとき海から上がってきたのが、素敵な地元の男性だったら……」

このエッセイ、連載第三回にして、怒濤《どとう》の急展開を迎えていたかもしれません（そんなわけないか）。


恋の経験そっちのけで、体重ばかりを増やして旅から帰ってきた私。

夏の恋なんて月並みな言い方だけど、実際にはめったに体験できない。

知的な美人だが、それ故に「隙がなさそう」と男性から敬遠される友人Zは、まさにそんな恋に憧《あこが》れる一人である。

彼女の理想は『遊び慣れていて女扱いが上手な人』という、まあよくいるプレイボーイタイプなのだが
「そんな人に手のひらで転がされたいけど、それに釣り合うには私も経験を積むべきだから、その前に、たくさん恋愛しようと思うの」

などと気の遠くなるようなことを言い、まわりを困惑させている。

きっと夏の恋というのは、男性だけじゃなくて女性側にも才能が必要なのだろう。

灼熱《しゃくねつ》の日差しに弄《もてあそ》ばれ、恋に傷ついた女性が口にする台詞《せりふ》の定番

「結局、私の体が目当てだったのね……」

という一言も、考えようによっては目当てにされるほどの体なわけで、女性レベル的には決して低くないと思う。

ではいったいどんな女性なら夏の恋が津波のようにどーんっと押し寄せるのか。

そんなことを考えたときに浮かんできたのが、かつて仕事をした某編集者の女性だった。

彼女（仮にN美さんとする）こそ、驚異の女子力の持ち主だったのである。

あれはN美さんから依頼を受け、打ち合わせを兼ねた食事をした日のこと。

当日、レストランに現れた彼女はなんと長身のスレンダー体型を生かした、超ミニのワンピース姿だったのだ。

この時点で私はすでにくらくらだったのだが、いざ食事が始まると、N美さんはシャンパングラスを傾けながら

「私、いつも付き合う男の人がなんでもしてくれすぎて、つまらないんです」

とろけそうな笑顔でにっこり。

私、びっくりしすぎて、ははあー、とアホみたいな相槌《あいづち》を打つことしかできず。

「じゃあ、今付き合ってる方もそういう……」

「それが今の彼は、ちょっとダメなところがあって。だから新鮮で、面白くて」

え、なにその貴族の遊びみたいな恋愛は。

私は、某政治家が庶民の生活を知るためにスーパーマーケットに行って試食したニュースを思い出した。

N美さんは絶世の美女とまでは言わないが、癒《いや》し系きれいめの顔立ちで、なによりスタイルが良い。笑顔を絶やさないところにも、男性を引きつける力を感じた。

そしてグラスが空いた頃、彼女はうっとりとした表情で、ほろっと呟《つぶや》いた。

「私、酔っちゃったみたいです」

え、ええええー!?

それ私に使うんですかっ?

あまりの予期せぬ一言に、私は初デート中の男子高生のごとく動転し
「だ、だだ大丈夫ですか」

と動揺しながら彼女を気遣うという、まさにN美さんの言う『なんでもしてくれる

彼氏』状態に陥ったのだった。
そして悟りました。
真の女子力というものは、即席で発揮されるものではないことを。
普段はビール三リットルくらい飲めるくせに、居酒屋でわざとらしく
「酔ったみたーい」
と男の子にもたれかかって、周囲の女子から失笑を買うのは、しょせん偽物。
たとえ同性間でも、頬を赤らめて可愛らしい口調で
「酔っちゃった」
と甘えられるのが、本物の女子なのだと。
N美さんの元にはきっと王子様も一夏の恋もじゃんじゃんやって来るんだろうな…
…と思った。
ところで、この発見には致命的な弱点がある。
そもそも酔えない女子は、どうすればいいんでしょうか？
私の修業は続く……。

手料理でポイントを稼げ！

自宅に来た異性に手料理をふるまうことになったら……なかなか緊張するシチュエーションだ。

「なにを作ってあげようかな。わくわく」

と考えられるのはかなりの強者《つわもの》で、たいていは

「なに作ればいいんだあ、失敗したらどうしよう。私の得意料理ってなに⁉」

とあたふたしてしまうのではないか。というか私は断然、後者である。

とくに最初は相手の好みが分からない。その上プレッシャーに弱いので、焦ってとんでもない失敗をするのも怖い。

なので煮物や角煮なんかの、あらかじめ用意しておける系でなんとか対応。

ついでに食前にビールをじゃんじゃん飲ませて、相手の判断力を半分にする作戦を展開。この時点で完全に男女逆転してるのが哀しい。

あるとき友達同士で飲んでいたら、喋《しゃべ》り方こそ敬語だが、言うことは的確かつ超無礼なアシカガ君（仮名）に

「島本《しまもと》さんは料理するんですか？」

と訊《き》かれた。

私が胸を張って、するよっ、と答えたら、アシカガ君は納得したように頷《うなず》いた。

「でしょうね。あなたごときの女に彼氏がいたのは、手料理で必死に釣ったからだと思ってましたよ」

あなたごときの女って……。

ちなみに私はこの方法を『恋愛ポイントカード』と名付けていた。

ご飯作ったら1ポイント、雨の日に駅まで迎えに行ったら2ポイント……と、ポイントを増やした分だけ愛情が返ってくると信じて疑わなかったのである。

ところが最近、恋愛心理学の本を読んでいて、それが根本から間違っていたことを知った。

たとえば、AさんがBさんに頼み事をして、やってもらったとする。

すると、AさんがBさんを好きになるのではなく、BさんのほうがAさんを好きになるというのだ。

なんと、人にやってあげたら、やってあげた分だけ相手のことを好きになるという
メカニズム!!
てことは、私、全然だめじゃないですか。
どうりでなんか変だと思ったよ、二十六年間……。
とはいえ逆に『恋愛ポイントカード』を配り始めたりしたら、いらん、と突っ返されると思うので、個体差を無視しているところに法則の限界があるのだが。
かなり脱線したけれど、とにもかくにも、おうちご飯の話である。
先日、鍋《なべ》で余ったモツを煮込んでいたら、急に友達が遊びに来ることになったので、山盛りのモツ煮込み豆腐をでーんとふるまってしまった。これでは味うんぬんの前にムードに欠ける。どうも私は女子ご飯が不得手のようだ。
もともと好きな食べ物が
「ラーメン！　焼き肉！」
という男子高生なので、たまに女友達の家に招かれて
「ホワイトソースから作ってシチューにしたのー」
という感じで料理が出てくると
「か、可愛いっ」

と雷に打たれたような衝撃を覚える。モツ煮はないよね……と反省するのである。

近頃ではファッション雑誌にも料理レシピが載っていて、人気だという。エコブームや不況の影響で、若い人の料理に対する関心が高まっているらしい。

適度に女性らしさもあって、男性の食欲を満たせて、いきなりの訪問にも対応できる、そんなおうちご飯はないだろうか……。

頭を悩ませた末、一つのメニューにたどり着いた。

それは、ワンプレートご飯。

タイ料理なんかにある、一つのお皿に、炒《いた》めものと目玉焼きとご飯がぜんぶ載ってるアレである。

まずひき肉と筍《たけのこ》と茄子《なす》とか、牛肉とセロリと人参《にんじん》、豚肉とトマト等々、好きな食材を使える。

下味をつけておいた肉を生姜《しょうが》の千切りと炒め、野菜も投入したら、オイスターソースで味付け。エスニック風にするなら、さらに鷹《たか》の爪やナンプラーやバジル、なかったら醤油《しょうゆ》や胡椒《こしょう》で適当に味を調える。

最後にご飯と一緒にお皿に盛って、半熟の目玉焼きを載せれば完成。

ぐさっと目玉焼きにスプーンを入れると、熱々のご飯に黄身がとろーっと溶け出す。

基本形は丼物に近いし、適当にわしわし混ぜて食べるものなので、好きなテレビ番組でもつけて会話しながら気軽に食べられるのでは、と勝手に想像して（一人で）楽しんでいた。

一緒に食事をしたい相手に出会えることは幸せなことだと思う。

とある女友達は、彼氏がダイエットを強要するので、いつしか食べることに罪悪感を抱くようになり、痩《や》せた代わりになにを食べても笑顔が消えてしまっていた。

今では違う男性と付き合って、旺盛《おうせい》な食欲を取り戻しつつある。

そんな彼女があるとき

「一緒にご飯が食べられないっていうのはね、心の奥底で相手を拒絶してるからなんだって。美味《おい》しくご飯が飲み込めるっていうのは、目の前にいる相手を受け入れてるってことにもつながるんだよ」

と話していたのが印象的だった。

ところで最近、男友達の家に大勢で遊びに行ったら、彼が冷蔵庫の中身でさっと回《ホイ》鍋肉《コーロー》や鶏肉ほろほろの筑前煮《ちくぜんに》を作ってくれてびっくりした。

美味しいー、と言い合いながら食べた後、私がふと

「最近の男の人って、こんなにご飯作れるのかな」

と尋ねると、とある女子が
「前の彼は料理上手《うま》かったよ」

と一言。

そういえば彼女の家に遊びに行ったときに、彼氏が缶ビールを差し出して
「女同士で喋りたいだろうから、俺がご飯作るよ」

とお好み焼きの支度を始めたので、あそこに神様がいる、と感動した記憶が。

同時に、そんな素敵な人に尽くされている彼女にも感服したものである。

そして料理好きの男性が増えるのは素敵だけど、作ってもらえる女子になるほうが料理修業よりも難しいのでは……とも思ってしまうのだった。

カテゴライズできない男子

　それは友達の結婚式に出席するためにネイルサロンでしゅっしゅと爪を磨かれていたときのこと。

「最近、草食系男子っているじゃないですか」

　ネイリストの女性が唐突に切り出した。

「ああ、恋愛に受け身な男の子ですよね」

　彼女は、そうそう、と相槌《あいづち》を打ってから
「最近知ったんですけど、草食系男子って、いいなって思う女の子がいたら」

「いたら？」

「いいなって思うだけらしいんですよ」

「……………」

「すごい嫌じゃないですか？」

「嫌というか意味が分からないですね……」

困惑する私をよそに爪はキラキラと輝いていた。

男の子にしてみたら、無理して傷つくよりは、棘《とげ》のある薔薇《ばら》は摘まずに愛《め》でていたいのかもしれない。

でもそこは強引に「この薔薇が欲しいんだ！」と摘み取られたいのが女心でもある。

恋に恋する友人Ｚは、合コンで知り合った男性の

「人との関係を通して色々勉強したいんだ」

という真摯《しんし》な言葉にひかれて会ったものの、夕方にファミレス集合で夜九時解散という、なんの企画会議なんだそれはと突っ込みたくなるデートに力尽き

「もう私以外のところで勉強して！」

とサジを投げる始末である。

そしてあることに気が付く。

まわりを見渡すといつの間にか年の差カップルだらけなのだ。しかも若い女性と年上男性の組み合わせばかり。若者が積極的にならない分、肉食世代の需要はこれからますます高まっていくのだろうか。

最近ではオタク文化の台頭でバーチャル恋愛が普及し、いっそう不穏な気配を感じ

る。

私の身近に、そんな現代の申し子のような男性がいる。

究極のオタク小説家友人M氏である（私の最初のエッセイ集『CHICAライフ』（講談社刊）にも何度か登場）。

オタクでありながら、友人M氏は実は元ホストという経歴の持ち主で、外見だけは超男前だ。

なにせ通りすがりの女子高生たちが、黒いスーツ姿の友人M氏を見て

「誰だか分かんないけどたぶん芸能人だ」

と勘違いして携帯で撮影を始めたほどである。

ところが友人M氏は、二次元の女の子にしか興味がない。

ごくまれに現実世界で理想のタイプに遭遇しても

「なにかラノベみたいな特殊能力はないのか。スプーン曲げができるとか」

などと相手に詰め寄るため、本気で引かれることもしばしばである。

そんな友人M氏に、私はなにを血迷ったか、人生相談の電話をしたことがあった。

「このまま仕事中心の生活を続けるなら、プライベートを犠牲にするしかなくて……」

と働く二十代女性らしい悩みを打ち明けたところ、友人M氏は嬉《うれ》しそうに指摘した。

「すげえ。その悩み、リアルだね！」

当たり前です。現実ですから。

そんな困った友人M氏に、最近めでたく彼女ができた。もちろんバーチャルな世界での話である。

なんでも今流行《はや》りの恋愛シミュレーションゲームは女の子から告白してきて、その後の交際をリアルタイムで楽しめるらしい。

「人型たまごっちみたいなものだよ」

「そこまでするなら付き合いましょうよ。現実で」

私はあきれて言った。

「でもゲームの中もけっこう面倒なんだよ。一度デートすっぽかしたら、彼女からすっかりすねたメールが来てさあ」

さすがになにも突っ込めませんでした。

そんな友人M氏は意外にもカレー通で、いろんなお店を食べ歩いている。

数年前、中央線《ちゆうおうせん》沿線に美味《おい》しいカレー屋があると聞いて一緒に食べに出かけた。

店のドアを開けて、唖然《あぜん》とした。

お客さんたちが大量のティッシュペーパーで涙を拭《ぬぐ》っていたのである。

おそろしい予感を抱きつつ、出てきたカレーを口にした瞬間、地獄のような辛さに汗と涙がどーっと溢《あふ》れた。

友人M氏だけが
「美味《うま》い、美味いよ、これ」

と喜んでいたが、舌の痺《しび》れた私にはまったく味の判別がつかなかった。

そんな味覚破壊の友人M氏が、あるとき食べ物で人々を地獄へと突き落とした。

友人のカメラマンが写真展をやることになり、オープニングパーティに招かれた夜の出来事である。

パーティ当日、皆がビールやワイン片手に談笑していたら、友人M氏がやって来て
「おもしろいものを買ってきたから皆で食べようよ」

と小さな袋を取り出した。

袋には『ミラクルフルーツ』とあり、小さな赤い実が数粒入っていた。

「これを食べるとしばらく味覚が変わるんだって。試してみようよ」

その誘いに数人が気軽な気持ちで手を伸ばした。

ミラクルフルーツは口に含むと、乾いて味のない種みたいだった。

そして待つこと数分後。

ふと喉《のど》の渇きを感じて、そろそろいいだろう、とワイングラスに口を付けた瞬間
「ぎゃあああー」

私の叫び声に驚いて、ビールのコップを手に取った女友達も
「甘っ！」

と悶絶《もんぜつ》して椅子に倒れ込んだ。

なんとミラクルフルーツは酸味を消す食べ物だったのだ。

そして私たちはどれほど酸味が重要なものかを思い知った。ビールもワインもシャンパンも飲めたものじゃない。すべてが消毒用アルコールに大量の砂糖をぶち込んだ味がした。

中でも赤ワインは強烈だった。まるで死んだばかりの獣の血を連想させるグロテスクな濃度に、そうか美味しいという言葉は酸味のためにあったのか！　と私は吐き気を堪《こら》えながら悟った。

そんな中、友人M氏だけがのんきにお菓子を齧《かじ》りながら
「俺、もともと甘いの好きだからイケるなあ」

とんでもない台詞《せりふ》を漏らして、まわりを青くさせていた。

そんな非常識のベールに包まれた友人M氏のことをもっと知りたい方は、自伝的小説『全滅脳フューチャー!!!』(太田出版刊)を読んでみて下さい。ただし激辛香辛料てんこ盛りの内容なので、くれぐれも気をつけて!

それにしても事件以降、お菓子やご飯作りで酸味を意識してみたら味のバランスがぐっと良くなった。

すべての味には意味がある。

そのことを人生で初めて強烈に知った体験だった。

美味しいクリスマスのために

クリスマスの過ごし方って難しい。

バブルを知らない世代には、高級ホテルでグラスをかちーんなんて山のあなたの空遠く（いや、いるところにはいるのだろうけど）。

それなら皆なにをするのか、と聞くと、わりにバラバラだ。

今まで聞いた中で素敵だったのは
「彼氏と教会の礼拝に参加してろうそくに火を灯《とも》した」

というもの。おごそかな気持ちになって真剣な話もできたとか。

そのためにはまず彼氏をつくりたい人もいると思う。

先日、未《いま》だかつて彼氏の途切れたことのないケロ先輩（同業者）に会ったときにインタビューを試みた。

するとケロ先輩は

「まわりに彼氏が欲しいって言ってまわるのよ！」

ときっぱり。

「え、でもそれって普通にやることじゃあ」

「言い方が足りないっ。今すぐこの子に彼氏をあてがわないと死んじゃうかも⁉　と思われるまで必死でアピールするのよ」

そ、それはすごい……建前も外聞もなげうった見事な方法だ。

重い女は嫌われると言うけど、人命救助の域にまで達していたら手を差し伸べる男性はたしかにいそう。

ここまで読んで

「そこまではできないわ……まあ予定さえ埋まれば」

と言う人もいるだろう。

ところがそこにも落とし穴があったりする。

学生の頃にやはり予定のなかった私は、失恋したてでフリーの男友達と気軽な気持ちでお台場《だいば》に出かける約束をした。

そして当日の夜。

美しいイルミネーションを背景に微笑みあうカップルたちに囲まれ、ムード最高潮の中……

猛烈に居たたまれなかったです。

デート中、三分に一回は遠い目をする男子と歩いてなにが嬉《うれ》しいのでしょう。お台場の階段を下る私はシンデレラどころかただのカボチャでした。

結局、泣いて帰った地元で女友達とカラオケになだれ込んで、楽しい夜を過ごした。

そこまでするくらいなら友人同士のホームパーティのほうが気楽で楽しい気もする。

各々が料理を持ち寄れば、バリエーションは多くて負担は少なくできるし。

そんなわけで、パーティ料理を本のレシピ通りにがんばって作ってみて、あれ？と感じたことがある。

とくに目立つ失敗もないのに、ぼんやりとした味。私の腕の未熟を差っ引いたとしてもピンとこない。

もしかして料理本の味付けと自分の好みが合っていないのかもしれない、とこのとき初めて気付いた。

料理本は教科書だから否定するなんて考えたこともなかったけど、実際は味覚なんて千差万別で相性があってもおかしくない。

何冊か試してみると、これは作りやすいとか美味《おい》しいとか、これはよく分からないとかより好みが明確になっていく。

生まれて初めて買った料理本は、幸運なことに素晴らしい一冊だった。

あれは高校生のとき。料理が上手《うま》くなりたくて、だけどまんべんなくは大変だから一つを極めようと思い立ち（志が高いんだか低いんだか……）書店内をうろうろしていたら、一冊の本が目に留まった。

淡いきれいな表紙には『365日スパゲティが食べたい』（文化出版局刊）とあった。

これだ！　とすぐに購入。それから私のパスタ修業が始まった。

お店で注文するとつやつやしたパスタが出てくるのに、それまでは自分で作るとパサパサ＆薄味。

そこで『365日スパゲティが食べたい』を読んでみてびっくり。

まずオリーブオイルの量＆茹《ゆ》でるときに鍋《なべ》に入れる塩が全然多めだし、フライパンを使うパスタは乾きやすいので茹で汁《じる》を取っておいて等々……書かれていることに気をつけて作ったら、ちゃんと塩気とオイルの旨《うま》みが絡んだペペロンチーノが出来て感激した。

レシピも豊富で、和《あ》えるだけの簡単なものから凝ったソースまで分かりやすく紹介されていて、今でも台所の一番目立つところに置いている。

数年前、文芸誌の担当さんにその話をしたら、著者の西巻《にしまき》さんとクリスマスディナーを作って掲載するという企画が持ち上がった。

私は大喜びして行列のできる料理教室の予約が取れた気分で撮影場所へとおもむいた。

とはいえプロの方との作業にガチガチだった私を、西巻さんは親切にフォローして下さり、ドレッシングを作るときには塩が溶けるように最後にオイルを入れるとか、ニンニクは焦げやすいので低温でじっくりとか、細かいところまで丁寧に教えていただいた。

印象的だったのは、西巻さんだけじゃなくて、奥様やアシスタントの方までとても優しかったことである。

素敵な料理を作る人たちは心も素敵だと実感して、ちょっと手料理をふるまったくらいで
「私がんばったのよ！　のよ!!」

と恩着せがましい自分を恥じたのでした……。

クリスマスに心を込めて大切な人に手料理をふるまったら、きっとそれだけで特別な思い出になる。

そんな美しい季節に待ち受ける恐怖がたった一つ。

体重の増加！

なにせクリスマスだ忘年会だ年越しだと誘惑の多い時期ですから。なので最近とあるダイエットを試したら手軽なのに効果があったので紹介したい。

夕食後、お腹が空《す》いたら炭酸水を飲む。これでおしまい。

えーっ、と思われるだろうけど効いたんです！

炭酸水は一気にたくさん飲めない。おまけに胃が膨れるので満腹と錯覚しやすくなる。少量で効果絶大だった。

気になる体重はちょこちょこ調整しつつ、皆様、美味しい十二月を。

女子力よりも童女力

子供の頃はテレビの特番を見て、母の手料理を食べるだけの年末年始。今になって大人たちがあんなにバタバタしていたワケを理解する。
まあでも休めるから、と油断していると、優秀な担当さんがどーんと仕事を持って来て
「〆切《しめきり》は年明けにしましょう」
とにこやかに言い放つので、年越しもお正月もそこそこに原稿を書くという事態におちいる。とほほ。
私はお酒飲みなので、ありがたいことに忘年会や新年会のお誘いが多い。仕事の飲みだけじゃなく、会社員の友達が
「あんたなら翌日の心配しなくていいでしょう」
と声をかけてくるからだ。

昨年末にはボジョレーヌーヴォーを開けるべく、女だらけのワイン大会を開催した。女だらけのワイン大会。

男性が聞いたら震えあがりそうな響きだが、なんのことはない。私の家に好きな食べ物を持ち寄って喋《しゃべ》るという和やかーな会だ。

全員そろったらさっそく『フレシータ』という苺《いちご》のスパークリングワインで乾杯。値段は二千円を切るのにしっかりと甘ずっぱい苺の果肉の味がして、あまりお酒に強くない女友達のグラスもあっという間に空に。

そしてアボカドと海老《えび》のサラダやら、生ハムやらピザやらを食べ進めてほろ酔いになった頃、友人のタマが彼氏の携帯を抜き打ちでチェックした話を始めた。

「そうしたらね、職場の女からハートマークだらけで今度飲みに行きましょうってメールが来てたのっ」

という衝撃発言に、思わずピザを食べる手を止めて聞き入る女一同。

動揺しまくった彼氏曰《いわ》く、その職場の女は結婚を焦っていて複数の男にアプローチをかけているとのこと。

そんなことが許されるわけはなく、タマがムキーッとなって「そんな女のアドレス消してやる！」と息巻いてアドレス帳を開くと

「そのメアドが……『私はお姫様』みたいな英語のアドレスだったの」

私たちは口をあんぐりと開けた。

誰かがぼそっと呟《つぶや》いた。

「それは戦意喪失だね」

大人になって尚《なお》も私は姫と言い切る女子に太刀打ちできる者はそういない。

そして私たちは
「そんな姫にさらわれる彼氏なら、いっそ別れたほうがいい」

という結論に達したのだった。

女子にもモテたい願望はある。結婚や出産を意識する分、より切実だ。

それでも露骨に男性受けを狙って女をさらけ出すのは同性の視線が痛いし、そこまでして相手に拒絶されたらと思うとひるんでしまう。

ところが、そんな葛藤《かっとう》を超越したすんごい女性がいた。

「芸術は爆発だ」で有名な岡本太郎《おかもとたろう》の母親であり、作家の岡本かの子である。

この人のモテエピソードがすさまじいのだ。

幼少時から父や兄に溺愛《できあい》されて、夫となる岡本一平《いっぺい》は洪水の中をやって来てプロポーズ。

結婚後も自分の愛人と同居したり、旅行にべつの男性を同伴したり。果ては、天女だ、美しい童女だ、と崇《あが》められる愛されっぷり。いったいどれほどの美貌《びぼう》の持ち主かと思うだろう。

ところが写真を見て、あれ、と首を傾げる。

ぱーんとした体格に丸顔。意志の強そうな眉《まゆ》におかっぱ頭。昔の日本人女性ならこんな感じかな、とも思うが、天女という呼称からはやや遠い気がしなくもない。

耽美《たんび》派作家として有名な谷崎潤一郎《たにざきじゅんいちろう》は当時、かの子と知り合いだった。ところが大嫌いだったらしく、醜婦・厚化粧・着物の好みも悪かったなどとメタメタに評している（公の場でそこまで言う谷崎もかなりどうかと思うが）。

一方で、彼女を肯定する男性たちは『童女のようだった』と表現していたという。

童女のように、あどけなく純粋。

世の男性が夢見る一方で、大人の女性が
「ないっ。そんなものはすべて演技かフィクションです」

と一蹴《いっしゅう》する表現である。

ましてや結婚と出産を経験して夫以外の恋人を持つ女性なんて、普通に考えたら童女どころか、スレた悪女の雰囲気が漂ってもおかしくない。

驚くのはそんなかの子を、息子の岡本太郎までもがちゃんと理解して愛情を持っていることである。

もっとも、かの子の奔放にも理由はある。夫の一平が人気漫画家として成功して放《ほう》蕩《とう》をくり返した時期があった。

お嬢様育ちのかの子には、お金に困ったり、夫がほかに女を作ったりなんて耐えられなかった。一時期は心を病んだものの、そんなかの子を見て夫の一平は改心。その後は夫婦で宗教研究に没頭し、かの子は小説を書くことに生きる道を見出《みいだ》した。

幼い太郎が執筆の邪魔をしたら、かの子は容赦なく家のタンスに縛り付けたという（常識的に考えれば虐待ですが……）。

その後も、やんちゃな太郎の面倒が見られずに、小学校で寄宿舎に入れてしまったというから、本当なら憎まれてもいいくらいである。

それでも岡本太郎は著書の中で

「母ほど純粋な人を私は知らない」

と断言している。

かの子の行動はたしかにめちゃくちゃだけど、そうしなければ生きていけない、という切実さが滲《にじ》んでいる。欲しいものは素直に貪欲《どんよく》に求め、傷つくときには全身で傷つく。生きることに対して一切の妥協がない。

男性たちはそんなかの子のむき出しの命を目の当たりにしたからこそ、「童女」と崇めずにはいられなかったのかもしれない。

とはいえ大半の男の人たちは、普通に女子力が高くて可愛い女の子が好きだよね、と思っていたら、忘年会でとある男性編集者の合コン話を耳にした。

相手はなんと現役モデルで、彼が合コン中に
「僕は恵比寿に住んでるんです」

と言ったところ、女の子の一人が
「じゃあ今度は恵比寿で飲みましょうね」

と返したというのだ。

その話を聞いたまわりは、すごーい、と大盛り上がり。

家のそばで飲むなんて彼女もその気だよと突っついてたら、彼はいまいち冴《さ》えない表情。なのでワケを聞いてみると
「そう言えば男が喜ぶだろう、て分かってるフシがあったんですよね」

とっさに、ああ、という声を漏らしてしまった。

使わないよりは使ったほうが成功率は高いのが大人の恋愛テクニック。だけど見透かされたら一気に冷めるのもテクニック。

これはいずれ本当に童女力の時代が来るのでは……とドキドキしつつも、先駆者にはなれそうにないとも思うのだった。

《参考資料》

瀬戸内晴美《せとうちはるみ》『かの子撩乱《りょうらん》』（講談社文庫）

嵐山光三郎《あらしやまこうざぶろう》『文人悪食《ぶんじんあくじき》』（新潮文庫）

岡本太郎『芸術と青春』（光文社知恵の森文庫）

フランス映画に学ぶ

二月に新刊が出るので、その準備に追われていた。

今回の『真綿荘《まわたそう》の住人たち』（文藝春秋《ぶんげいしゅんじゅう》刊）という長編小説は、江古田《えこだ》の下宿で巻き起こる青春的恋愛から大人の愛憎まで絡み合った内容になっている。

インタビューでよく質問されるのが
「どういうときに小説のアイデアが浮かびますか？」

というもの。

見知らぬ街を散歩中だったり、喫茶店でぼーっとしているときだったり。あとは素晴らしい映画を観て胸打たれたときだ。

そして恋愛の国といえばフランスである。

どの国にも恋愛映画の名作はたくさんあるけれど、飛び抜けてイメージが強いのは男女が愛し合って喧嘩《けんか》して泥沼から復活して……怒濤《どとう》の愛の本場フランスではないだろうか。

というわけで今回はフランス映画に見る恋愛について書きたい。

とはいえ日本人は、フランス映画に対してわりと賛否両論分かれると思う。

「おしゃれだから好き」

という人もいれば

「気取っててよく分からん」

という声も耳にする。

私自身はフランス映画が大好きだ。特にどろっどろのマグマ級に熱くて重くて意味不明な恋愛物が好ましい。『ポンヌフの恋人』、『ベティ・ブルー』、『ピアニスト』etc……今まで数々のフランス映画に魅了された。

フランス映画が苦手な人によく言われるのは、まさにそこで

「主人公たちの気持ちに感情移入できない」

という方に、あえてここで断言したい。

フランス映画のカタルシスは、『水戸黄門《みとこうもん》』と原理は同じである。

ゴダールから爆弾投げられそうな暴言を吐いてしまったが、私は観続けるうちにフ

ランス恋愛映画におけるいくつかの定型に気付いた。

それは

1・偶然出会った瞬間に片方の愛がスパークし

2・なんらかの障害によって大もめして取っ組み合い

3・その直後、唐突すぎるラブシーン

4・と思ったらいきなり恋人が病気か貧困等の不幸に見舞われ

5・失意の主人公が森の中を爆走する。

だいたい1と4を主軸にして、残りの2・3・5のコンボで成り立っている。

それはさながらお代官様の悪巧みで店が潰《つぶ》れそう・娘がさらわれ・ぬれぎぬ着せられて若旦那《わかだんな》がお縄……等を組み合わせてかならず印籠《いんろう》ドーンッのようじゃないか。

だからフランス映画も、男女が出会って片方が惚《ほ》れて取っ組み合いになったら

「きゃ、この後ですごいラブシーンがっ」

とワクワクしながら待つのが楽しいのである。

「だからなんで」

と思われるかもしれないが、それはそういうものなのである。黄門様が印籠出すまでのすったもんだの遠回りについて、皆が突っ込まないのと同じように。

そこまで水戸黄門を引き合いに出すのは、単に私が好きだから。

夕方にこつこつ恋愛小説のゲラを直しながら見ているのが再放送の水戸黄門なのだから、自分でもどうかと思うが

「なんだこのじじい」

というお決まりの台詞の直後、印籠を突きつけられた相手がひれ伏すカタルシスに勝るものはなかなかない。

ところが、そんな予定調和をぶっ壊す回というのがまれに存在する。

過去に衝撃を受けたのは、印籠を出したら相手がひれ伏すどころかびくともしなかったのだ。その理由が……。

自分は天皇に仕える身だから。

なんで今さら史実に沿ったことを言うの⁉

正直、私は水戸黄門が先の副将軍で、その上に将軍がいたことすら嫌で考えないようにしているのに天皇だなんてっ。

もう恋も食も関係なくなってきたが、そんなわけで日本人には理解不能なフランス

映画の感情線も一つの様式美だと思えば楽しめるのではないだろうか。

そんな矢先、友人のホームパーティでフランス人の男性と話す機会があった。

せっかくなので、私は酔いにまかせて彼に質問してみた。

「なぜフランス映画では男女が愛し合う前に殴り合うんですか？」

彼は流ちょうな日本語で答えてくれた。

「そのほうが盛り上がるから」

本当に水戸黄門と同じ理由だった。軽くショックだった。

ともあれ理屈よりも色気を優先するフランス人の精神には感服である。

先日、学生時代の後輩の柴《しば》君に呼び出されて、居酒屋でこんな相談をされた。

「どうしたら色気って出るんですかね」

思わず飲んでいたレモンサワーを噴きかけた。

柴君は一見女子受けする爽《さわ》やか好青年だが、女の子と知り合っても二、三回のデートで終わってしまうことが多い。

ようやく出来た彼女からも最近になって
「柴君は色気がない」

と断言されてしまったそうな。

「そう指摘される原因になったエピソードってある？」

私が親切を装った好奇心で尋ねると、柴君は素直に答えた。

「初めて彼女の家に遊びに行ったとき、お茶を飲んで話してたら、飼い猫がやって来て」

「ふむふむ」

「猫が床にごろんってしてたときに、僕、雄猫の去勢ってどうなってるか知りたくて両脚をがばーって開いたんですよ。そしたら彼女が唖然《あぜん》としてました」

私も唖然としました。

「それで先輩。男の色気ってなんですかね？」

柴君が真剣に訊《き》くので、私は内心困りつつ

「たとえば……ちょっと暗い陰があるとか、なにを考えているのか分からない雰囲気とか」

「てことは彼女は、僕が猫の去勢に興味があるってお見通しだったってことですか？」

「いやだからそういうことじゃなくて」

柴君にとっての色気は、三蔵法師《さんぞうほうし》にとっての天竺《てんじく》よりも遠かった。
そして柴君に泣きつかれ、男の色気についての研究に付き合う羽目になったのだった。
そんなわけでこの話、次回へ続く。

男の色気とは（初心者編）

とある休日の昼下がり。

私は駅の改札口に立っていた。

お昼ご飯でも食べるついでに、柴君の相談にふたたび乗ることになったのである。

やがて柴君が爽やかに登場。と、ここまでは良かったのだが
「お昼まだだよね？」

という私の質問に、彼はなぜか戸惑った様子。

「えーと。いや、まだですけど。僕はどっちでも」

ん？

「どうしようか？　なにか希望あれば」

「あ、えーと。どうしましょう？」

……ん？

うっすらと嫌な予感を覚えつつ
「じゃあ私の知ってる店でもいい？　ハンバーガー屋だけど、お茶とかも色々あるから」

柴君は安心したように頷《うなず》いた。この時点で、私は猛烈に嫌な予感がした。

そして向かったお店はヴィレッジヴァンガードダイナー。雑貨屋として有名だが、系列店でハンバーガー屋もあるのだ。本格ハンバーガーに外国ビールやカクテルまで楽しめるお店である。

二人で席に着いて、ハンバーガーとドリンクを注文してから、私は柴君に尋ねた。

「そういえば、柴君が好きな食べ物ってなんだっけ？」

彼はたっぷり考え込んでから答えた。

「ハンバーガーとかカレーとか。ラーメンも好きですよ」

おお、なんて見事な男子チョイス。

そこで一つ疑問が生まれた。

「デートのときの食事はどうしてるの？」

柴君は運ばれてきたアップルマンゴージュースを美味《うま》い美味いと飲んでから、堂々と言った。

「ちゃんと僕が決めますよ。たとえば僕が、カレーかハンバーガーかラーメンって言ったら、彼女が好きなお店を探して」

「え？　それ思いっきり彼女が合わせてるじゃん。しかもお店調べるのは彼女だし」

「でも僕が合わせて決めることもありますよ。前に彼女が連れて行ってくれたカレー屋が美味《おい》しかったから、また行こうとか」

基本、彼女チョイスかい！

「……もしかしてデートの場所も彼女が決めてるの？」

「そうですね。僕はべつに彼女がいればどこでもいいんで」

嫌な予感は的中した。

柴君は「相手任せの男」だったのだ。

いつも彼女が選んだところへ嬉《うれ》しそうについてくるだけの彼氏。うーん、可愛いけど、たしかに色気は感じないかも。

などと考えていたらハンバーガーが運ばれてきたので、会話を中断してボリューム満点のハンバーガーを食した。

アボカドにワサビ醤油《じょうゆ》のソースがかかったハンバーガーは、とろっとしたアボカドと海苔《のり》の風味に加え、生ワサビの辛みが効いていて、和風なのに意外と味にパンチがある。

そもそもアボカドはクセがあるふりをして、実はかなり万能な食材だ。

たとえばアボカドとトマトを、バルサミコ酢と蜂蜜《はちみつ》と玉ねぎのみじん切りのドレッシングで和《あ》えれば、簡単にイタリアン風のサラダになる。

和食なら、一口大に切って納豆と刻み海苔を混ぜ合わせても美味しい。

てなわけで私がアボカド入りのハンバーガーに煩悩《ぼんのう》している間、柴君はベーコンとチェダーチーズ入りのハンバーガーを一心不乱に食べていた。

満腹になって満足した私は温かい紅茶を啜《すす》った。

そのとき柴君が言った。

「ちょっと洟《はな》かみますね」

え、と聞き返す間もなく、彼はティッシュを押し当てていた。

まあ洟くらいいいか、と思っていた矢先
「ちょっとお腹の調子悪くなってきたんで、トイレ行ってきます」

私はずこーっとテーブルに突っ伏した。

彼が戻ってくると、私は顔を上げた。

「柴君……生理現象をストレートに口に出しすぎるのは、色気がないと思うんだ」

「でもなにも言わずに洟かんだり、トイレが長くて待たせたら失礼じゃないですか」

「そこのところは色々さりげなくやろうよ。あと、そういう正論も色気がないよね」

「でも世の中には正しいことがないと。正義とか倫理って、やっぱり人としての基本だと思うんですよ」

「…………」

結局、柴君を色気のある男にする方法を見つけられぬまま店を後にした。

そんな頃、彼とは真逆を行く青年の映画を観た。

太宰治《だざいおさむ》原作、生田斗真《いくたとうま》主演『人間失格』である。

最初に『人間失格』を読んだときには、陰鬱《いんうつ》なだけの主人公・葉蔵《ようぞう》がなぜあれほどモテるのか理解できなかった。

それを生田斗真君で実写化したことで、「女のほうから寄ってくる！」というメカニズムがより分かりやすくなり、すとんと腑《ふ》に落ちたのだ。

そもそも葉蔵といえば心の弱い青年というイメージだが、行動だけを見るとけっこうとんでもない。

葉蔵が、悪友の堀木《ほりき》と銀座のカフェに行く場面。

ツネ子という気に入りの女給を、堀木にこっぴどくけなされて傷ついた葉蔵がツネ子に一言。

「お酒を。お金は無い」

その瞬間、ツネ子がぐわっと鬼の形相になり
「私をかばいもせずに金もないとはどういうことじゃい！」

とビール瓶で殴りかかる……なんてことはなく、なんとかしてあげちゃうのだから甘すぎる。

そのくせツネ子の
「うちが、稼いであげても、だめか？」

というありがたーい申し出に、葉蔵は
「だめ」

とあっさり。

それで金欠で行き詰まって心中しようとか言い出すのだから、たまったものじゃない。

でもそんな葉蔵を、女たちはやれ食事だ酒だ薬だとベタベタに甘やかす。

そこで、はっと気付く。

葉蔵のダメさは、女の手によってこそ培われていることに。

なにせ葉蔵は根がお坊ちゃんなので、徹底して悪い男になりきれない。だから困ったときだけ女に頼って、行き詰まるとすぐに逃げてしまう。プライドがないように見せて、主義主張は意外とある。一番やっかいで手強《てごわ》いタイプなのだ。だから女はなんとかして葉蔵を手元に置こうと、甘やかしてダメにして離れられなくなるようにする。男はそれを察し、ずるずると頼りながらも逃げ出そうとあがく。

表面的には愛し合う男女が、水面下ではおそろしい攻防を繰り広げていて、男女の色気とはかくも危険と隣り合わせなのか、とクラクラした。

てなわけで後日、私は柴君に電話をかけて話をした。

「だから柴君はちょっと危うい雰囲気が出るようなことを、なにか言ったりやったりしてみたら？」

柴君は長い沈黙の後、分かりました、ときっぱりと言った。

「今度、僕は生まれて初めてのパチンコに行ってきます！」

それもなんか違う気がする……。

心の中で呟《つぶや》きつつも、なんと言えば柴君に上手《うま》く伝わるのか、もう私には分からなかった。

おひとり様でどこまでも

昨今の日本ではむしろ希少価値になりつつある、一重の目を持つ私。

化粧後、五分も経つと滑り台のようにずるーとまつげが下がってくる。

なので時々まつげパーマをかけに行く。

先日も、新宿の某所でベッドに横たわり、まつげがくるんとなるのを待っていたら。

店内に流れる、じゃーらーららーん、というBGM。

この曲どこかで聴いた気が……。

あ。

「なんということでしょう」

『大改造‼　劇的ビフォーアフター』のアフター曲でした。私の顔はリフォーム中の住宅かい……。

匠《たくみ》の手でまつげはきれいに仕上がったものの、微妙な気分で店を出た。

気を取り直してデパートで化粧品を物色していたとき。

視界に飛び込んできたのが、『北海道物産展』の文字。

最近、不況のデパート業界が波及効果を狙って物産展を開催するというニュースを目にした。

そんな物産展が私はとても好きだ。

第一に、ビジュアルが分かりやすくていい。

「山盛りの牛だよ、牛！」

「こっちは蟹《かに》とウニの宝石箱でどうだ‼」

という感じで、インパクト大で豪快。味が想像しやすく、それでいて各地の素材を生かし、趣向を凝らしている。

そんなわけでふらふら〜と物産展に引き寄せられた私。

そういえば最近、この連載を読んでいる方から
「島本さんは、どこへでも一人で行きますね」

と誉め（あきれ？）られました。

イケメン店員が増えたのも、こうやってどこへでも行く女性が多いからでしょう。

ちなみに私が知るおひとりさま最高峰は、『叙々苑《じょじょえん》』に一人で焼き肉を食べに行った友人Zだ。

彼女曰《いわ》く
「べつに試してみれば、なんでもないことだったわ」

とのこと。

ところが先日ネットで調べてみたら、女子五百人を対象にしたアンケート（escala cafe調べ）で、ラーメン屋に一人で入れるかという問いに
「約5人に1人はラーメン屋も1人で入るという結果」

……えっ。

じゃあむしろ、五人中四人は入れない!?　しかもこの言い方、五人に一人でも多いみたいな。

さらに、べつの回答では
「焼き肉は1人で食べるものではない」

そういえば、そうだよね。

でも私たち、もう手遅れだよ。

なんでもない夜の一こと一。二度とは戻れない夜一。

遠い目をしつつ物産展にたどり着いた私は、いそいそと売り場を物色した。お弁当からお菓子から、美味《おい》しそうなものがたくさんある。ウニやイクラ、イカめし、アイス、生チョコ、etc。

すごいなあ、と目をキラキラさせていたら、ふたたび魔の手が……っ。

結婚してたときに、物産展よく来たな。

そう、二十代半ばにしてバツイチなんです。私。

そして元夫は北海道出身にもかかわらず、なぜか北海道物産展好きで、実家に頼めばいくらでも手に入るであろう食材を嬉《うれ》しそうに買っていたものでした。

なんでもない夜の一こと一（以下略）。

気付くと、私は有名な函館《はこだて》のイカめしを手にして屋上にいた。

青空に新緑がきれいに映えて、日差しもぽかぽか暖かい。

色々な思いに浸りつつ、ふっくらとしたイカめしを一口がぶり……。

「おおっ」

甘過ぎなくて上品なたれ。すっと噛《か》みきれるイカの柔らかさ、たっぷり詰まったもち米《ごめ》。二個入りで五百円という値段も素晴らしい。

そんなわけで、すっかり気を取り直した私。

平日のデパートの屋上、まわりは親子連れだらけ。

そんな中、幸せそうにイカめしに齧《かじ》り付くバツイチ女性作家。

怖いものがないって、怖いですね。

なんだか今回はやけにアンニュイな内容でお届けしていますが、けっして心が疲れているわけではないですよ。

それにしても一人で好きなものを食べるのもいいけど、やっぱり食事は誰かとするのが楽しいな、としみじみ思った。

私の趣味の一つに、一人旅があるのだが（また一人……）、旅行先で困ることナンバーワンが食事の時間だ。

地方の飲食店で飛び交う方言に圧倒されながら、隅っこで蕎麦《そば》などを啜《すす》っていると、

さすがに
「どうして一人で来ようなんて思ったんだ。私のばかばか」

と悔やむことも。

この前も、仕事で大阪《おおさか》へ行った翌朝に一人でぶらぶら通天閣《つうてんかく》のまわりをうろついていたら（ちなみに大阪は場所によっては治安が悪いため、知識もないのに女の一人歩きは危険だ、と後になって関西出身の友人M氏から忠告されました）いきなり見知らぬおじさんが近付いてきて、一言。

「おねえちゃん、うちで働いていきな」

職探し中だと勘違いされました（ちなみにお水系ではなく、ごく普通の飲み屋でした）。

おじさんのスカウトを丁重に断り、タコ焼き屋で青ネギたっぷりのタコ焼きを食べながら
「どこの者とも分からない私をいきなりスカウトするなんて。さすが大阪」

と独りごちた。

このときに食べたタコ焼きがつきたての餅《もち》かと思うほど、ふわふわでもっちもちだったので、感動を分かち合う相手がいないのはやっぱり物足りないなあ、と思った。

そんな数々の心のすきま風をかわしながら、一人で旅した思い出の数々。

いくら話しても、なんの自慢にもならない経験を生かして、今日もおひとり様は行くのだった。

ドレスコードの真実

慣れない場に出向くと、思いがけず冷や汗をかくことがある。

高校生でデビューした頃は、それこそ冷や汗の連続だった。

作家になると、打ち合わせを兼ねた食事に連れて行ってもらう機会が多い。

さっきまでマクドナルドで友達と喋《しゃべ》っていたのに、いきなり高級なレストランに案内されて
「ここはどこ。私はだれ」

状態に陥ることもしばしばだった。

テーブルマナーが分からず、お皿が運ばれてもじーとまわりの様子をうかがっていると、まわりも気を遣ってじーとお皿に手をつけずに料理が冷めていくなんてことも。

一度、私がフォークからぼろっと肉を落としてしまったら、同じテーブルの人たちが一斉にぼろぼろ肉を落としたことがあったけど、あれ、もしかしてわざとだったの

でしょうか。女王様がフィンガーボウルの水を飲む級の気遣いだけど、よけいに居たたまれなかったです……。

出版系のえらい人の中には、バブルを経験し、高級なお店に女性をエスコートしまくった過去を持つ男性も多い。

某出版社のパーティで重役のS氏に会ったときに、誘われる側のマナーについて伺ってみた。

すると、せっかくとっておきの店に連れていって

「私、なんでもいい」

はやっぱりがっかりするとのこと。適度な好奇心を持って楽しんでほしいという。

その一方で

「私、これとこれとこれ食べたい。飲み物はこれね、絶対ね」

というのも、いかがなものかと言う。これはちょっと意外だった。

「でも意見を言うのは良いことですよね」

と言う私の疑問に、S氏は笑顔で

「こっちは色々試した上で、特にこれが美味《おい》しくて食べさせたいって思って連れて行くからね。季節によってメニューも変わるし、店のスタッフと相談しながら決めるの

も、食事の楽しみの一つでしょう。だから、これしか食べたくないっていう決めつけは僕なら興ざめするな」

ぐうの音《ね》も出ませんでした。

べつに好きな物だけ食べればいいじゃん！　という反論もできるけれど、要は食事だけじゃなくコミュニケーションを楽しむということなのだろう。

とりあえず、なまじ食の好き嫌いがないために、「なんでもいいです」と言いまくるのはやめようと思った。

素敵女子のマナーを身につけたとして、お店の前に立ったときに一番気にかかることがある。

服装である。

あれはデビューしたての頃。出版社のパーティに行くことになり

「派手すぎず、カジュアルすぎない、きちんとした格好ってなんだ」

と真剣に考えた挙げ句、無難だと思ってスーツで行った。

が、広い会場を見渡してもスーツの女子なんてだーれもおらず、遠慮のないおじさん編集者から

「島本さん、就活中かなにかですか。わはは」

と突っ込まれて大いに恥をかいたのだった。

そんな私の元に一通のメールが届いた。

雑誌の連載が終わったので打ち上げをしましょう、とのこと。メンバーは女性担当Kさん、男性編集Iさん、H編集長である。

そこに書かれていた一文に目がとまった。

「このお店にはドレスコードがあります」

ドレスコード。

自分の日常に登場するとは思っていなかった単語を前にしばし途方に暮れた。

結婚式なら、とりあえずデパートに行けば店員さんが

「結婚式ならこれとこれとこれと」

というふうに、きらきらしたワンピースからストールからバッグまで揃えてくれる。

それに比べて、飲食店のドレスコードというのはあまりに曖昧《あいまい》ではないか。

てなわけで、あたふたしながらネットの某知恵袋を開いた。ドレスコードについての質問を見つけ出し、複数の回答から得た結論は

「男性はスーツ又はシャツ＆ジャケット。女性はワンピースかブラウスに膝丈《ひざたけ》スカートなら鉄板」

……いや、そりゃあ、そうだけど。

その選択肢の中でのびみょーな違いを、もうちょっと知りたかったのだけど。

仕方なくタンスをひっくり返して頭を悩ませ、飼い猫に服をぐしゃぐしゃ踏まれてキーッとなっていたら、その山の中に、以前、某文学賞のパーティのために購入したイタリア製ワンピースを発見した。

生地が薄くてぴったりとした黒いワンピースで、全体にさりげなく細かな柄が入っているのも、派手すぎずカジュアルすぎず。

さらにバタバタとヒールの靴だのハンドバッグだのも引っ張り出し、レストランで食事というよりは、いささか父母総会の雰囲気を漂わせつつも

「今度こそ完璧《かんぺき》！」

と小雨の降る中、お店の前に到着すると

「こんばんはー」

と笑顔でやって来た女性担当Kさんはふわっとした白いシャツに、ごくふつうのパンツにフラットな靴。

あ、あれ……と疑問を抱きつつも、もともとナチュラル系の女性なので、さほど違和感を覚えずに中に入った。

店内は間接照明でびしっと白いシャツを着たスタッフが大勢いて、お客さんたちは「ほほほ」と談笑し、なんともおしゃれな雰囲気に包まれていた。

緊張しつつ席に着くと、どうやらH編集長が遅れている様子。

先に到着していた男性編集Iさんを見ると、シャツにジャケットという定番のきちんとスタイルでほっとした。

三人で食前酒を飲みながら、ようやくリラックスして喋り始めたとき
「遅れてすみませんねえ」

陽気に現れたH編集長を見て、仰天した。

彼は色落ちしたロックなジーンズに、「I LOVE ××」と書かれた某アーティストのツアーTシャツを着ていたのである。

呆然《ぼうぜん》とする私をよそにH編集長は
「遅れそうだったんで、着替えないで来ちゃいました。今まで××さんの撮影だったんですよ」

とTシャツのアーティスト名を出して説明し、慣れた仕草でワインを注文した。

お店の方も、別段、気にする様子もなく丁寧な接待。

自分の過剰な気合いが水の泡になっていくのを感じました……。

とはいえ、そんな大胆な選択は、それでも空気を乱さない場慣れ力があるからこそ。

そういえばH編集長はべつのイタリアンのお店で、ソムリエと
「こちらのワインって、一九九九年頃の千代大海《ちよたいかい》みたいな感じですか？」

「そうですね……むしろ九三年頃の若乃花《わかのはな》でしょうか」

「それならむしろ魁皇《かいおう》を」

「かしこまりました」

などとワインを力士にたとえて注文するという離れ技を披露してました。

ここまでいくと本当に通じてるんだかいないんだか、スキルが高いんだかただの相撲好きなんだか、よく分かりませんでした。

H編集長の変化球によって服装問題は混迷を極めた。

いったいなにを着れば無難で鉄板で安心できるんだ、教えてにゃんこ先生！

という話を、居酒屋でエスコートという単語から一番遠い柴君にした。

すると彼はきょとんとして
「僕、そもそも女の人の服装って、あんまり気にしないんですよ。後になって、たし

か可愛かったなくらいは思いますけど」

と言い出したから、私は内心、えーっ、と思って
「じゃあ柴君は、女性のなにを気にするのさ」

と訊《き》いてみた。

彼は考え込んでから、ぼそっと漏らした。

「服から出てる肌の面積ですかね」

「…………」

どんなにマナーを身につけても、経験値を積んでも、完璧な正解はきっとない。

私は無言でビールを飲みながら、今度食事に出かけたときには少し力を抜こう、と思った。

屋形船に乗ってみた

暑いですね。
薄着になろうとスイカを食べようと扇風機が必死に回ろうと、夏はやっぱり暑い。
そんなわけで真夏の納涼イベントである。
といっても、今や日本の風物詩ともいえる稲川《いながわ》なんとかさんの話ではない。
……怖い話も、あるにはありますが。

今から数年前の真夏の夜。
仕事に詰まった私は、近所に住んでいた友人M氏の家に遊びに行った。
部屋でだらだら話しつつ小説を書いていたときのこと。
いつの間にか小説の中に、登場させる予定のなかったおばあさんが出ていた。
そして私は、このおばあさんの

『ここにいたら出られなくなるよ』

という謎のセリフを書くと同時に我に返った。

私が頭を掻《か》きながら、M氏に
「なんか今、内容が脱線しちゃって。変なおばあさんが出てきました」

と告げたところ、M氏はポテチを食べながら一言。

「そういえば、前にも友達がうちの廊下で幽霊みたいなおばあさんを見たって言ってたなあ」

みたいじゃなくて幽霊じゃないでしょうか。

ていうかすぐに引っ越して！

という世にも珍しい心霊執筆を体験したことがありました。

怖い（？）話はこれくらいにして。

今回は、ときめきと食を一度に体感できる大人の納涼イベント……「屋形船」だ。

昨年の夏、飲み仲間と
「浴衣《ゆかた》で屋形船とかいいよね」

と話していたところから屋形船企画が立ち上がった。

私はそれまで屋形船とはどういう仕組みなのか分からなかった。

まず屋形船を貸し切るには、最低でも二十人以上の参加者が必要とのこと。

ところが、もう問題が勃発《ぼっぱつ》した。

参加費が高いのである。

船を丸々貸し切って、天ぷらやお刺身のフルコース＋飲み放題なので仕方ないのかもしれないが、お値段は一人当たり一万円。

そのため相手のふところ具合を気にしつつ誘う、というびみょーなことに。

声をかけた女子からは
「気になる人がいるので、誘っていいですか？」

という可愛い返事が来る一方で、家賃も払えずに借金したばかりの某友人からは
「当日までに金が用意できなかったら行けないかもしれない……」

という重すぎる電話までかかってきた。

ところが屋形船というのは、基本的に直前のキャンセルができない。もちろん遅刻も厳禁（船が定時に出航するため）。

私が、そこまで無理しなくても、と某友人に告げると
「いや、行く！　めったにない機会だから、俺はなんとかするぞ!!」

という宣言と共に、電話は切られた。私は、屋形船なんぞのために借金がまた増えたらどうしよう、と怯《おび》えた。

そして当日。

厳しい罰金システムの甲斐《かい》あって、欠席者は一人も出なかった。借金持ちの某友人も何事もなかったように到着していた。

船着き場に集まった女性たちは浴衣姿で談笑していた。

千鳥柄の可愛らしい浴衣姿もあれば、粋《いき》な縞柄《しまがら》の浴衣の女性もいて、華やかである。

そして出航間近になったとき……。

キキーッとタクシーが急停車して、誰かが飛び出してきた。

「遅れてすみません！」

と言いながら、大輪の花が咲き乱れた浴衣姿で現れたのは某編集のO嬢である。

O嬢はグラビアアイドル級のボディと美貌《びぼう》の持ち主で、私は船着き場が一瞬で夜のお店に変わったような錯覚を抱いた。

O嬢はその魅力を出し惜しみしないことでも有名だ。飲み会ではいつも露出度の高い服装でまわりを魅了している。

以前、そんなO嬢と取材旅行をすることになった。

取材には山歩きの予定も組まれていたので

「さすがのO嬢もスニーカーに頼らざるを得まい」

と私は考え、デニムにTシャツにスニーカーという、彼女にとっては超レアな出《い》で立ちを期待していた。

ところが当日、待ち合わせ場所に現れたO嬢はなんと十センチ近いピンヒールを履いていたのである。

おまけにデニムはデニムでも、なんともセクシーなショートパンツ姿という……。

山道を歩きながら、私が

「大丈夫ですか？」

と呼びかけると、O嬢は笑顔で

「地面に沈んでいきます！」

と答えながらも、見事にピンヒールで山歩きを達成していた。

私は楽だという理由だけで履いてきた一足数千円のフラットシューズを見下ろしながら、O嬢の女子力がアルプス山脈なら私の女子力なんて盆地だわ、と感服した。

すっかり脱線したが、そんなわけで私たちは船に乗り込んだ。

船内は畳敷きになっていて、テーブルには豪華な料理が用意されていた。

わきあいあいと談笑する男女を見て、屋形船合コンがあったら流行《はや》りそうだなあ、と思いつつビールを啜《すす》る。

テーブルの上には、揚げたての天ぷらがどんどん盛られていく。

海老《えび》やイカやキスの天ぷらに、ちょびっとだけ塩を付けて、くしゃりと噛《か》むと、熱々の湯気が溢《あふ》れた。

ビールで口の中を冷やしながら振り返ると、川の向こうには茜色《あかねいろ》の空が広がっていた。

風流ですねえ、と言い合いながら、窓の外を眺めていたら。

突如、巨大な青白い物体が現れた。

私たちはぽかーんとした。

「……ガンダム?」

そう、ちょうどその夏はお台場に巨大ガンダムが設置されていたのです。

皆が大きな子供と化し、ガンダムだガンダムだ、と大騒ぎしながら写真を撮った。

風流さはガンダムにあっけなく敗北した。

そんなこんなで騒いでいるうちに、ふと胸に込み上げてくるものを感じた。

もしかして私、向かいの席の男性に恋……。

ではなく猛烈な船酔いでした。

浴衣の窮屈さも手伝って、気持ち悪さは最高潮に。私は窓枠にしがみついて風に当たることで懸命に気持ち悪さをこらえた。

出航から二時間後、ようやく私たちの屋形船は船着き場へと戻ってきた。

ぞろぞろと船を下りて、楽しかったねえ、と言い合いながら解散に。

私はふらつく足で帰りの電車に乗り込みながら気付いた。

「そういえば、ときめきは……っ？」

そして私は屋形船の（船酔い以外の）最大の弱点に気付いたのだ。

たとえば居酒屋ならトイレに行ったときに廊下でばったりとか、こっそり抜け出して番号交換するチャンスがある。

しかし屋形船は一つきりの大部屋に大勢がひしめき合っている状態。人目を盗むのは不可能だ。

後日、屋形船に参加した女子とお茶をしていたときに

「どうやったら屋形船で上手《うま》く恋が発展したのかなあ」

と質問したら、彼女はしばし考えてから、ぼそっと言った。

「船が沈没したら、溺《おぼ》れそうになってるのを助けてもらえるじゃん？」

沈没って……。

「それは、かなりの奇跡が重ならないと難しいね」

憧《あこが》れの男性がとっさにべつの女子を助けるといったタイタニック級の悲劇も起こりそうだし。

それから一年後。

蒸し暑い部屋で、汗をかきながら仕事していたら一通のメールが届いた。

タイトルはずばり『屋形船のお誘い』。

今年もそんな季節か、と思いながら、メールを開いた瞬間に飛び込んできたのは

「会費は一人、一万五千円です。」

なぜ五千円アップしている⁉

これだけ出したら銀座でお寿司《すし》かフレンチ食べられるし‼

屋形船の最大の弱点はやはり値段だと思い知った。

とりあえず一度は体験したからいいやと思いつつも、一番盛り上がった思い出がガンダムというのは少し哀しい気もした。

減点だらけの沖縄旅行

かつて『成田《なりた》離婚』という言葉が流行ったときには、なにも新婚旅行帰りに離婚しなくてもと驚いた。

大人になって色んなところへ出かけるようになってからは、少しずつ旅の難しさを実感するようになった。

旅行には個人のペースや好みがとても反映される。

かっちり隙間なく予定を組む人。そのときの気分で自由に動きたい人。

見たいもの、食べたいもの。互いに意見が違えば、そのつど、すり合わせも必要になる。

そんな旅行のハードルに見事に足を引っかけて転倒したのが柴君である。

ある夜、暑気払いのために柴君とタマとビアガーデンに行った。

明るい夜空の下、乾杯した直後のことである。

ビールを一気飲みした柴君が口に泡をつけたまま、切り出した。

「僕、この前、彼女と初めて沖縄に行ったんですよ」

おおー、とどよめく女二人。

ところが

「それ以来、彼女の態度が冷たくて……ふられるかもしれないんです」

「なんで？」

私たちはぽかんとして、聞き返した。

美しい海、青い空、開放的な雰囲気。

どんなに冷え切ったカップルの体温も上昇する、それが夏の沖縄マジックだと思っていたのだが。

「また色気のないことをしたのでは？」

「彼女にホテルの予約等をまかせっきりとか？」

「もしかして滞在中ずーっと台風だった？」

我々の追及に、柴君は半ばヤケを起こしたように、ある物をドサッと取り出した。

それは沖縄のガイドブックだった。

「今夜は旅行の内容を復習しながら、一緒に原因を考えてください」

というわけで急きょ、『柴君がふられそうな理由を突きとめる会』が発足した。

私たちはガイドブックを開き、泊まったホテルの写真を見せてもらった。

ビーチの広がるリゾートホテルはムード満点で、文句のつけどころがないように見えた。

タマが首を傾げながら

「そもそも旅行初日は、彼女のテンションも高かった？」

と質問した。

柴君は力強く頷《うなず》いてから、眉《まゆ》を寄せて

「ワクワクしてたとは思います、けど」

「けど？」

「金曜日の夜に那覇《なは》に着いて、夕飯後にホテルにチェックインして、僕がいざっと思ったら、彼女があっさり寝ちゃったんです」

私たちは、うーむ、とうなった。

「でも金曜の夜ってことは、仕事帰りに直行でしょう。それなら疲れてるよ。時間も遅かったろうし」

「たしかに。探しまくってようやく見つけた飲み屋で、けっこう長居したからなあ。それにしてもオリオンビールとゴーヤチャンプル美味《おい》しかったな。さっぱりした苦味が」

そのときタマが枝豆をさやから出しながら、ぼそっと呟いた。

「もしかして店探しでそうとう歩いた？」

「あ、はい。初めての沖縄で失敗したくなかったんで」

それならくたくたで寝るよ！

「柴君ー。飲食店なんて、今、ケータイで調べられるでしょう」

「でも有名な店は値段が高かったんです！　それなら自分の足で隠れた名店を」

「……分かったよ。それで翌日は」

私はぬるくなりかけのビールを飲みつつ、あきらめて促した。

「翌朝はシュノーケリングツアーでした。しかも偶然、参加者が僕と彼女だけで」

「それなら盛り上がったでしょう」

私は気を取り直して、訊《き》いた。

ところが柴君は、またしても浮かない顔。

「海はきれいだったし、可愛い熱帯魚にエサをあげたりして。なのにホテルに戻って、今度こそ熱いひとときを！　って意気込んだ僕を無視して、彼女また寝ちゃったんですよ」

「あんたの彼女は眠り姫かい」

　タマが困惑したように突っ込んだ。

「しかも目が覚めた後で、インストラクターの人が素敵だった、とか言うんですよ。僕の立場がないですよ」

「柴君、もしかして泳げないんじゃないの？　それで彼女もガッカリとか」

「僕、泳ぎはめちゃくちゃ得意ですよ。僕だけ素潜りしたくらいですし」

僕だけ……？

「柴君、その間、彼女は」

「あ、あんまり泳げないんで、インストラクターの男が付きっきりで教えてました」

「なぜ柴君がフォローしない!?」

　私たちが同時に声をあげると、柴君は動揺したように言った。

「えっ。だ、だって、プロがいるのに僕が出しゃばるのは変じゃないですか。それに初めて素潜りに挑戦する、僕の勇姿を」

　困っている彼女を放って、素潜りに挑む彼氏。

完全に頼りがいあるインストラクターの引き立て役である。

余談だが、以前、女友達が彼氏と海へ行ったときのこと。

彼女がビーチから怒って電話をかけてきたので、私はびっくりした。

いったいどうしたのかと尋ねると、彼女はうんざりしたように答えた。

「彼氏が、地元の子供たちと遊んであげてるうちにガキ大将化して。私が目を離した隙に、子供たちと離島まで泳いで行っちゃった」

『少年のような男性』と『子供化する男』というのは、似て非なるようである。

その後も柴君は、昼食のタコライスが大盛りすぎたので無理やり彼女に半分食べさせたり（柴君曰《いわ》く「店主が親切だったんで、残すと悪いと思って」）、オリオンビールの飲み過ぎでお腹を壊してトイレにろう城した等々の、がっかりエピソードを披露した。

私とタマは頭を抱えたが、同時にある考えが頭をよぎった。

柴君に色気とエスコート力がないのは端《はな》から分かっていたことである。

それを十分に知っている彼女でさえ、心底がっかりした決定的な出来事があったはずだ。

柴君がトイレにいっている間に、私たちはそう結論づけて、暇つぶしにガイドブックを読み返していた。

ガイドブックに、ふとなにか挟まっていることに気付いた。取り出して広げてみると、それは地元発行の情報誌だった。女子向けのアクセサリー屋や雑貨店が紹介されていた。

戻ってきた柴君に、それを見せた。

「こういう女子の好きそうな店に行くとか、すれば良かったんじゃないの」

柴君は情報誌を覗《のぞ》き込むと
「このアクセサリー屋だったら、彼女のリクエストで最終日に行きましたよ。意外と高かったんで、すぐに出ちゃいましたけど」

「どうせなら旅の思い出に買ってあげればよかったのに。あ、ほら。オリジナルのペアリングとか書いてある」

「いや、でもペアリングなら、去年、買ったやつが」

次の瞬間、柴君は愕然《がくぜん》としたように目を見開いた。

「ペアリング、無くしたんだった」

私とタマは啞然《あぜん》として、聞き返した。

「無くした？」

「……はい。彼女が買ってくれたやつ、仕事中に外してたら、どっか行っちゃって。沖縄行ったら買い直そうって約束を……あーっ」

暑い夜の中、ビアガーデンの喧噪《けんそう》に紛れて、柴君の叫びがむなしく響いていた。

私とタマは呆《あき》れて、追加のビールを注文した。

こちらを向いた柴君はすっかり眉毛《まゆげ》が八の字になっていた。

「……それにしても」

私は塩焼きそばを食べながら、なに、と聞き返した。

「指輪が欲しいって言ってくれたら買ったのにっ。言わなきゃ正解なんて分かんないじゃないですか！」

その瞬間、タマがブッツン切れた。

「真の正解は、あんたが彼女に内緒で指輪を用意して、最終日の夜に手渡すことじゃないの⁉」

「男子たるもの、そんなクサいことできないですよ！」

「なら一生、女と付き合わなくていい‼」

言い合う二人を尻目《しりめ》に、私は仕方なく残っていた料理を平らげた。
その後、柴君は指輪を買い直して謝り、なんとか彼女との関係を修復したのだった。

傷心旅行とウニと蟹

打ち合わせを終えた夜、駅から歩いてたら行きつけの居酒屋の店員Qちゃんが呼び込みをしていた。

Qちゃんは二十歳で岩手《いわて》から単身上京してきた色白の美青年である。

「おつかれさま！　お店寄っていってよ」

と声をかけられたものの、その日はかなり飲んでいたため

「ごめんね。仕事で飲んで来たから」

とやんわり断ると、Qちゃんは、そっかー、と残念そうに微笑んでから、一言。

「……連休明けでお客さん少なくて、困ってるんだ」

五分後。

私はお店のカウンターでハイボールとレバ刺しを頼んでいました。

我ながら簡単すぎる。

しかも店内、十分に混んでたし！

純朴な青年を装いつつ実は手練《てだ》れのQちゃんに複雑な想いを抱きつつ、私はレバ刺しをつまんだ。

ぷりぷりのレバ刺しにちょこちょことニンニク生姜《しょうが》を載せて、ごま油と塩を付けてぱくっと口に入れる。香ばしい塩気が、冷たいハイボールの炭酸によく合って、また食欲が湧いてくるほど美味《おい》しかった。

もともとレバーは大の苦手だった。

あれはさかのぼること二十数年前。

保育園に通っていた頃に、いきなり給食ででんと
「レバーの味噌煮《みそに》」

なるメニューが出たのが、私とレバーとの出会いだった。

未知なる食べ物を前にした私はおそるおそる鼻を近付けて、匂いを嗅《か》いだ。

味噌と醤油《しょうゆ》の煮詰まった匂いがした。

真っ茶色のかたまりと化したレバーに味噌がでろでろと溶けて、その間から玉ねぎや人参《にんじん》がわずかに覗いていた。

私は勇気を出して、箸《はし》を伸ばした。

が一口食べた瞬間にのけぞった。

硬いレバーの強烈な臭みが鼻を突き抜け、反射的にお皿を押しのけた私に、若い女の先生がにっこり笑って言った。

「理生ちゃん。ご飯はぜんぶ食べないとだめよ」

園児がこんなどぎつい物、食べられるか！

……と今なら叫ぶけれど、当時は完食するしかなかった。しかもこのメニューは体に良いというだけの理由で月一で登場したために、毎月泣きながら食べていた。

そのトラウマがあって、成人するまで再びレバーに箸を付けたことがなかったのだ。

そういえば生魚も、子供の頃は都内の安い回転寿司でしか食べなかった上に、当時はおそらく今よりも質が劣っていたので
「タコ、海老《えび》、イカ以外は、生臭くてちょっと苦手……」

と思っていた。しかし舌の肥えたおじさん編集者から
「魚が好きじゃない人は、単に美味しい魚を食べたことがない人ですよ」

などと指摘され、失礼なっ、と立腹しつつも、それが本当なら美味しい魚を食べてみたいと思うようになった。

二十代前半の頃、北海道へ一人旅して小樽《おたる》の市場で海鮮丼を食べようと計画した。

ちなみに一人旅はこのときが初めてだった。

なぜ一人旅をすることになったかといえば、当時、ある男性との恋愛がどろっどろだったためである。

その相手は、最初から皆が

「大変なことになるからやめておけ」

と忠告してくれていたのに、当の私が聞く耳を持たずに

「底無し沼って、本当に底がないのかな」

と安易に足を踏み入れたがために、ずぶずぶと沈んでいっても誰一人同情してくれなかった。私は思い詰めた末に

「これはもう日本一寒い場所で頭を冷やすしかない」

と決意した。

初日は札幌《さっぽろ》周辺を観光して、翌日の朝に札幌駅から小樽行きの列車に乗った。ダウンを着込んだ私は、曇った窓ガラス越しに雪景色をじっと見ていた。

駅からちょっと離れると、白い平原と雑木林だけが延々と続いている。まっさらな雪にキツネの小さな足跡が点々と付いていた。

私は冷たい窓ガラスに手を添えて、息を吐きながら
「なぜ今、自分はここにいるんだろう」

とぐるぐる考えていた。

真冬の小樽駅は白く霞《かす》んで、まばらな観光客の後ろ姿が遠くに見えていた。いそいで手袋を嵌《は》めながら、駅の近くの市場に駆け込んだ。ひんやりとした空気の中、明かりに照らされた活《い》きのいい魚がずらっと並んでいた。

ぶらぶらと見物してから、目に付いた食堂に入った。

海鮮丼は二千円を超す値段だった。けっして安くはなかったが、せっかくなので予定通り注文した。

数分後、色鮮やかなイクラやウニの載った丼《どんぶり》と、蟹《かに》の足がでーんとはみ出したお味噌汁が運ばれてきた。

ワサビを醤油に溶かして、さっとかけて、海鮮とご飯をかき込むと……。

それはそれは美味しかった。

ウニがバターのようにとろりとしながら口の中で溶けて、後には淡い甘みだけが残り、今まで食べず嫌いだったことを後悔した。

さらに驚いたのは蟹の味噌汁である。味噌汁の中にどっと蟹の旨《うま》みと風味が溢《あふ》れて、

濃厚で贅沢《ぜいたく》な味がした。真冬に熱々の味噌汁という組み合わせも良かった。海鮮丼と蟹の味噌汁に歓喜した後、ふと我に返ると、まわりは家族連れや友達同士ばかりだった。

猛烈に孤独に……は意外となりませんでした。

なぜならご飯が美味しかったから！

大島弓子《おおしまゆみこ》さんの『毎日が夏休み』（角川書店刊）という漫画の中に、主人公たちが失恋して、思考力を麻痺《まひ》させるためにパフェを食べるというシーンがある。

読んだ当時、中学生だった私は

「失恋した直後にパフェを食べるなんて、元気だなあ」

と単純に思った。

でも、どんなに傷つこうと命あるかぎり、かならずお腹は空《す》く。

自暴自棄になりがちなときこそ、美味しい食べ物で自分を労《いたわ》ることが回復への近道なんだな、と帰りの飛行機の中で、家族や友達へのお土産を抱えながら実感したことを懐かしく思い出す。

ちなみに、すっきりとした気分で帰宅後、泥沼化していた恋愛もきれいさっぱり……

できれば良かったが、そう簡単にはいかず。

つくづく人間って単純なんだか面倒なんだか分からないと感じたことも、ついでに思い出したのだった。

鍋にも色々

季節の変わり目に油断して薄着でいたら、あっさり風邪をひいた。
喉《のど》が痛くて熱も出たために、朝から夜までベッドにふせて
「うー。咳《せき》をしても一人とはこのことか」
などと言っていたら、近所に住む女友達が看病に来てくれた。
どんと買い物袋を台所に置いて
「おつかれー。今夜は水炊きにしようね」
と準備を始めた彼女を見て、持つべきものは優しい女友達……と感動した私は思いあまって
「いっそ私のお嫁に来て！」
と求婚した。
なにをバカなことを、と笑われるかと思いきや、彼女は白菜を刻んでいた手をぴた

っと止めた。

「……誰ももらってくれなかったら、ね」

本気で検討されてしまった。

妙齢女子の心はデリケートなのである。

そして出来上がった鍋《なべ》は鶏のぶつ切りからじわっとダシが出て、白菜やキノコは熱々で、風邪でだるい体によく効いた。

鍋は意外と各家庭の個性が出る料理だ。

切って入れるだけ、と思いきや、オリジナルのダシを作ったり、具材にこだわったり、サイドメニューも用意したりと、シンプルだからこそバリエーションは尽きない。

そのため作る人の個性が衝突することもある。

知人女性のF澤さんが自宅で鍋パーティをすることになり、私も招待されたことがあった。

仕事で遅れて到着した私が

「どうも、どうも。すみません」

と台所に入ったら、まな板の上には野菜や肉がこんもり。

そこに、やけに細かく切られた春菊を見つけた。粗みじん切りくらいの切り方だったので、変わってるな、とは思った。

そして後日。

「やっぱり島本さんも変だと思いましたよね！　あの春菊!!」

私の質問に、F澤さんは烈火のごとく怒り出して、ことの顛末《てんまつ》を語った。

それは男性陣がお酒を買いに行って、女性だけで食材を切っていたときのことである。

後輩女子が春菊を粗みじん切りにしているので、びっくりしたF澤さんが
「あの、春菊の切り方がちょっと細かすぎない？」

とやんわり注意したら、彼女は突然
「F澤さんって、A型でしたっけ？」

と訊《き》き返した。

F澤さんが困惑しつつも、そうだけど、と答えると
「やっぱりー。A型の人って細かいことにこだわるんですよね。私、B型だから気にしないんですう」

その発言に、内心ぶちっと切れたF澤さんだったが、鍋パーティをぶち壊しにするまいと堪《こら》えたそうな。

F澤さんは紅茶カップを持つ手をふるわせると
「煮えやすい春菊をあんなに細かくしたら、鍋の中でどろどろになって、食感もなにもあったものじゃないのに。血液型の問題じゃないだろって」

「そ、そんなことがあったとは」

「おまけに戻ってきた男の人たちが、春菊小さくないか、て言ったときには、彼女、知らん顔だったんですよ！　彼らにも血液型のせいにしろよって思いましたよ」

F澤さんは悔しそうに唇を嚙《か》んでいた。

思わぬアクシデントに見舞われることもあるが、大勢での料理は新しいレシピを教えてもらったりできるのも楽しい。

最近では料理好きの友人に教わった鶏つみれ鍋がとても美味しかった。

作り方は簡単で、味付けした鶏ひき肉に、すり下ろして水気を切ったレンコンを混ぜるだけ。これに火を通すと、ふわっとふくらんで、おどろくほどジューシーな鶏つみれになる。

時折、すり残しのレンコンのカケラが混ざっていると、軟骨のようにこりこりとした食感で、これまた美味《おい》しい。

昨年、女友達の家で初めて豆乳キムチ鍋を食べたら、想像よりもずっと美味しくてびっくりした。

それまで豆乳といえば、妙に生っぽくて、中途半端に甘いという偏見を持っていたが、鍋用の無調整豆乳はどちらかといえば豆腐や湯葉に味が近く、ふわっとした口当たりとキムチの甘辛さとが好相性で、いくらでも食べられた。

あまりの美味しさに、お客一同が餓鬼と化し
「部活帰りの男子高生みたい……っ」

と恐れおののいた友人に昨夜の残りの角煮とライスまで出してもらい、すべてたいらげた。

私は満腹でぐったりしながら
「遊びに行って、こんな食事が出てきたら即住みつきたい」

と一人暮らしの男性みたいな感想を抱いた。


色んな鍋があるものの、王様といえば、やはりすき焼きだろうか。

年越しの夜に親戚《しんせき》の家に行くと決まってすき焼きが出たので、今でも特別なメニューという印象がある。

脂の乗った牛肉を濃厚な生卵に絡ませてがぶっと嚙むと、身も心も溶けそうになる。

先日、映画『ノルウェイの森』を観たときに、後半の場面で、私は思わず、あ、と声を漏らした。

原作で、ワタナベ君とレイコさんがすき焼きを食べる場面が、蕎麦《そば》のような麺類《めんるい》に変わっていたのだ。それだけで印象がまったく違っていた。

麺をすする二人は、なんともいえない淋《さび》しさと官能の気配に包まれていた。

原作のすき焼きの描写では、そういった印象はあまり受けない。もっと明るい。牛肉に生卵、たっぷりの砂糖と醬油《しょうゆ》に香りの強い野菜。その取り合わせは、どこか暴力的な感じすらして、それ自体が強い生命力を放っている。

ワタナベ君とレイコさんは、悲しみを抱えながらも生き続けなくてはいけない。その現実を、すき焼きというメニューが際立たせていたのだと気付いた。

ここ数年、十二月は仕事納めでばたばたと忙しい。

それがすっきりと一段落ついてから、ちょっと良い牛肉ですき焼きをして年を越すことを想像すると、今からわくわくする。

バレンタインデー今昔

バレンタインデーが近付くと、デパ地下に可愛いチョコが溢れて製菓売り場も充実してくる。

せっかくだからと手作りを試みるものの、普段から作っているわけでもないので、出来に関しては正直いまいちである。

お菓子作りは、正確さと器用さが必要とされる。

料理だったら、とりあえず薄味で作っておけば、後から塩だの醤油だのを足せる。けれどお菓子はきちんきちんと計って、正確にやらないといけない。

「六十度の湯せんで溶かす」だとか「練らないように、縦に切るようにさっくり混ぜる」だとか、厳密な指示が多くて、結局、適当にやってしまっては

「なんか写真と仕上がりが違う」

ということになる。

高校生のとき、バレンタインデー前日にブラウニーを作ったら、まさかの焼きすぎで焦げたことがあった。

夜中の台所で、私は大量のブラウニーを前にして困り果てた。

お菓子の怖いところは、時間をかけた挙げ句、失敗しても直しようがないところだ。しかも材料は使い切ってしまった。

仕方なく母と弟に味見させたところ
「たしかに焦げていると言われればそうだが、決定的なほどではない」

という、なんともびみょーな返答だった。

とりあえず、ブラウニーを小分けにラッピングして、学校のカバンに入れた。

翌朝、高校に着いた私は一学年下のN田君をつかまえて
「このお菓子を試食してみて」

と頼んだ。

N田君は変わり者で有名だった後輩である。

彼は一度、私の小説を読み終えた直後に、つかつかとやって来て
「こういう性描写は、書いていて恥ずかしくないのでしょうか？」

と、そんなことを聞くほうがよっぽど恥ずかしい質問をしてくれた。正直かつ失敬

な後輩なのである。

そんなN田君ならお世辞なしの意見を述べてくれるだろうと思い、ブラウニーを渡して、反応を見守った。

彼は真顔でお菓子をもぐもぐと食べると、きっぱり告げた。

「焦げてて苦いです」

やっぱり……と私はうなだれた。

ところが、そのとき、まさに意中の彼がたまたま廊下を通りかかったのである。

しかも

「なに、バレンタインデー？」

彼は興味深そうにこちらを見た。

動転した私の頭に、究極の選択が突きつけられた。

数秒間のフル回転の末、私は思いあまって

「あのこれ、良かったら」

とブラウニーを差し出していた。

「え、いいの？　ありがとう」

と彼はあっさり受け取ると、じゃあ、とすぐに去っていった。

全身の力が抜けてぐったりする私を、N田君は不思議そうに見ていた。

昼休みに友人たちにブラウニーを配ったところ、焦げてる、苦い、という意見が圧倒的で、やっぱり渡さなければ良かったかも……と気が重くなった。

放課後、帰ろうとしていた私の前に、またしても気になる彼が通りかかった。

内心動揺しつつも、さようなら、と頭を下げると
「ブラウニー食べたよ」

と彼が一言。

とっさに逃げようとした私に、彼が訊《き》いた。

「あれ、買ったの?」

私は、え、と聞き返してから
「実は……作りました」

と正直に告白したら、彼がぱっと笑顔になった。

「本当に? 買ったのかと思ったよ。あまりに美味しく出来てるから」

「え⁉ いや、あのでも、ちょっと苦くなかったですか」

「そうそう。あの強い苦味が、大人の味で良かったよ。そうか、手作りだったのか」

彼は感心したように呟《つぶや》いた。

私は心底ほっとしつつも、彼の味覚は大丈夫だろうか、と少し疑ってしまった。そんなふうに人の味覚は千差万別だったりする。甘いものが苦手な人もいて、最近ではメッセージ入りのおせんべいなんていう渋い商品まで見かける。

そんな中でも仰天する贈り物があった。

小学六年生の息子（T郎君とする）を持つ担当さんから聞いた話である。バレンタインデー当日の夕方、T郎君がコンビニの袋を持って小学校から帰ってきた。

担当さんが袋の中を覗《のぞ》き込むと、ポテチやポッキーがぎっしり。もしやこれがチョコの代わりかしら、と気付いた担当さんは、最近の女の子は洒落《しやれ》っ気がないのね、と思いつつ

「T郎、これ、どうしたの？」

と質問したところ、彼は意外にも

「自分でコンビニで買った」

とのこと。

担当さんは、小学校に行くときに現金なんて持たせていないのに、と首を傾げて

「だって、お金はどうしたの？」

と尋ねた。

T郎君は軽く口ごもってから、答えた。

「クラスの女子にもらった」

「へ？」

予想だにしない回答に、担当さんは目が点になった。

「もらったって、お金を？　なんで？」

「なんか、バレンタインデーだからって」

唖然《あぜん》とした担当さんはしばらく口がきけなかった。

詳しく事情を聞いてみると、クラスにお金持ちの女の子がいて、お母さんから「チョコなんて嫌いな子もいるんだから、バレンタインデーは誰がもらっても喜ぶお金にしなさい」

と教えられたために、花柄の封筒に現金千円を入れてT郎君に渡したというのである。

困り切ったT郎君は、うらやましがる男友達と連れ立って、学校帰りにコンビニへ行って千円分のお菓子を買い、皆で分け合ったのだった。

真相を知った担当さんはすっかり頭を抱えた。

子供がバレンタインデーに現金を渡すなんてとんでもないことだが、よその親の考えに下手に口を挟むわけにもいかない。

しかも、この場合、お返しはどうすればいいのか。まさか三倍返しで三千円渡すわけにもいかないし……。

結局、担当さんが菓子折を持って、挨拶《あいさつ》に行ったら

「子供同士のことですから。そんなお気遣いなく」

とかえって恐縮されてしまったという。

「会ったときには、普通のきちんとしたお母さんに見えたんですよね。つくづく、世の中にはいろんな人がいるんだなって実感しました」

子供の恋愛にまで現金が介入するとはすごい話だが、もともと子供の社会は大人社会の縮図。大人がどんどんスレていけば、子供だってスレるのが早くなる。

何歳になっても、どきどきしながらお菓子作りをした記憶は忘れずにいたいなあ、と思った。

自分らしくあるとは

春は新生活が始まる季節だ。

初めての一人暮らし、流行《はや》りのルームシェアや同棲《どうせい》……生活環境ががらっと変化する人も多いと思う。

私は十九歳のときに家を出た。一人暮らしのときもあったが、同棲したり結婚したりで、誰かと住んでいる期間のほうが長かった。

付き合い始めると、ムードのあるデートを重ねるよりは、一緒に生活がしたくなる。家事にも料理にも張り合いが出るし、時には喧嘩《けんか》もするが、相手をより知ることができていいものだと思っていた。

ところが、あるとき、知人にこんなことを言われた。

「付き合うとすぐに同棲するなんて、一人じゃ生きていけないの？」

これには正直カチンときた。

けれど、まったく的外れな言葉だったら笑って流せたはずだ。引っかかるというのは、なにかしら気にしている部分を刺激されたからなのだ。

その言葉は頭の隅にずっと残っていて、時々、不安になった。

自分は、本当の意味では自立していないのだろうか。しなきゃいけないのだろうか、と。

あるとき占い師の先生に運勢を見てもらう機会があった。

生年月日や生まれた時間を伝えて

「どうでしょうか、私の星まわりは」

と尋ねると、占い師の先生がふむふむと頷《うなず》いてから、口を開いた。

「あなたはねー、自立とか、一人だけでがんばるとか」

「は、はい」

「考えないほうがいいね」

「へ？」

思わず目が点になった。

「生まれ持った性格が、もともと孤独に強くないし向いてないんですよ。だから一人でがんばってもべつに良い結果を生まないです。そんなことを考えること自体が、時間の無駄！　それよりも良い友達やパートナー選び、仕事の付き合いを大事にするように」

時間の無駄、とまで言い切られた私はあっけにとられつつも、その瞬間、肩の荷が下りた。

そうか、生まれつき向いてないなら仕方ない、とようやく割り切ることができた。自分にできることが、まわりにもできるとはかぎらないし、その逆もある。それでも多数決の価値観を突きつけられると心は揺れる。そして、こうなりたいという理想や、こうあるべきという意識が強くなりすぎると、ありのままの自分を受け入れられなくなる。

「私は、私だから」

とブレずにいることは、なかなか難しい。

先日、飲み会で男女が集まったときに、男性の一人がこんなことを訊《き》いた。

「君たちの中で、誰が一番、料理上手《うま》いの？」

試験で点数が出るものでもないし、テレビ番組のように競い合ったわけでもないのに、いったいなにを基準にすればいいのか。

料理はするけど上手いと自負するほどでは……と困惑していたら、となりにいた女

の子が
「私はこんなに料理できます！」

と強力にアピールしたため、質問した男性から
「すごいじゃん。ほかの子も、もっとがんばらないとさあ。男はやっぱり胃袋だからね」

などと一方的にアドバイスをされて、他の女性陣はなんとも微妙な雰囲気になった。

未《いま》だに、できる、できない、で語られがちな料理だが、今の時代、女性だって働いていて忙しい。

たとえば、ちゃんと自立していて
「料理はしません、外食で十分」

と割り切っている女性に、そんなことを言う筋合いはない。

男性が女性を誉めるときというのは、比較によって成り立っていることが、ままある。

一度、女友達が怒って、電話をかけてきた。

「男だらけの職場で、女が二人しかいないせいで、いつも比較される。その子のほうが女らしいとか、家庭的だとか。私には関係ないだろっつーの！」

なぜか分からないが、複数の女性がいたときに
「彼女はここが良くて、あの子はこっちが良くて、君の長所はここ。みんな違って素敵だね」

とはならずに
「あの子はここが素敵だよな。君もちょっとは見習って……」

と一人を持ち上げて、ほかを下げる言い方になることが多い。あるいは一人だけ誉めて、あとはなーにも言わない、とか。

無理に誉めてほしいわけではないが、下げられたら嫌な気分になるし、誉められたって同性に気を遣わなきゃいけないので、あまり良いことがない。

とくに「容姿、体型、家事能力」は女性の三大地雷で、比較されると険悪になりやすい。

女は怖いと言われるが、女が怖くなるときには、おうおうにして男性の一言が原因だったりする。

男性だって、人前で女性から
「この中で、誰が一番、年収ある？」

「××さんは仕事できますね。それに比べて、あなたって……」

などと言われたら、多少なりとも嫌な気分になるのではないだろうか。

だから人に接するときには比較して優劣なんてつけずに、それぞれの良さを。

なんて頭の中では思いつつも、いざ自分が評価の対象になると、つい見栄《みえ》を張ったり、「ちぇ」と悔しくなってしまう。

そんな折、心の洗われる出来事があった。

最近、同棲を始めた女友達と、お茶を飲んでいたときのことだ。

私が
「生活はどう。家事や料理は分担してるの？」

と尋ねたら、彼女は頷いて、言った。

「食事は、早く帰ってきたほうが作るっていう感じかな。外食はほとんどしなくなったよ」

「へえ、すごいね。でも、働きながら毎日作るのも大変そう」

その言葉に、彼女は笑顔で答えた。

「料理は好きだよ。下手だけどね」

それは本当にごく自然な言い方で、だからこそ、はっとさせられた。

好きだから。楽しいから。

シンプルな気持ちを大切にしているからこそ、下手だけどね、とさらっと言ってしまえる潔さに、とても心和んだ。

と同時に、ほかならぬ私自身の中に「なんだかんだで人より良く見られたい」という自意識が強かったことにも気付かされた。

今度、誰かに似たようなことを訊かれたら、彼女のようにさっぱりと見栄を張ることなく答えたい。

牡蠣の悪魔

最近、イギリスの歴史学者が書いた『食べる人類誌』（早川書房刊）という本を読んでいたら、牡蠣《かき》のことが記述されていた。

「現代の数ある西洋料理の中で、調理をほどこさずに生きたまま食べるのは牡蠣だけだと言っていい。」

西洋の食文化にさえも例外を作る、生牡蠣の魔力を感じた。

現代の日本においても、生牡蠣は例外的な食べ物だと思う。

ここ数年、食に関する事件が頻発し、問題を起こした食品はのきなみ消費者の信頼がガタ落ちだった。

今の日本の食において

「清潔・安全・安心」

のキーワードは絶対的なものになっている。

にもかかわらず、生牡蠣だけは未だに
「あたって大変なことになるかもしれない」

ということを知りながらも食べられている。

そもそも生牡蠣にはどことなく非日常感が漂う。

家庭の食卓に
「今夜は生牡蠣よー」

と、大量の生牡蠣が登場する場面はあまり見られない。

そのせいか、昨年の冬は生牡蠣が無性に食べたくなって、食べ歩いていた。

近所の居酒屋からオイスターバーまで、食べれば食べるほど、あたる確率が高くなることは分かっていたが
「どうせいつかあたるなら、満足するまで食べたい」

というむこう見ずな精神でしょっちゅう生牡蠣を食べていた。

海水の塩気を生かして、すだちやレモンを搾っただけの生牡蠣を殻ごと持ち上げて、口に流し込む。

柔らかい身が弾《はじ》けて、潮の匂いがどっと広がる。舌の上でぷりぷりの身がふるえて、つるんと喉《のど》に滑っていく。かすかに残った後味は白ワインが、すっきりさらってくれ

る。

生牡蠣にかけるものとして、ポン酢、スイートチリ、ワサビを使ったソースを見かけた。

中でもボウモアという、スコットランドのウィスキーをかける食べ方にびっくりした。生牡蠣の風味にウィスキーなんてしつこいのではないかと思ったけれど、いざ食べたら、両方のクセを生かした豊かな香りがふくらんだ。

大ぶりのものは、豪快にがばっと。小ぶりな牡蠣は、丁寧に。

そんなふうに牡蠣を食べていたら、忘れかけていた夏の記憶が蘇《よみがえ》ってきた。

二十代前半の夏、年上の男性に

「海のほうへ岩牡蠣を食べに行きませんか」

と誘われたことがあった。

一見控え目なわりに、さらっと先回りするのが上手な人だった。

牡蠣を食べに、というフレーズにはちょっとした非日常感があって、遠出の理由としてもスマートだった。むしろスマートすぎた。

遊びだったらどうしようと怖くなり、結局、断った。

その夏は、海辺で牡蠣を食べながら聴いたかもしれない波音がずっと耳の奥で響いていた。

そうやって冬の間に生牡蠣を食べ続けていたが、さすがに

「そろそろあたるのでは」

という危機感を覚えて、今季の生牡蠣の食べおさめをしよう、と勝手に一人で決意した。

〆切《しめきり》明けの夜、原稿が終わったという高揚感も手伝って、女友達とオイスターバーへ出かけた。

白ワインといくつかの生牡蠣をシェアして楽しんでいたとき。

私と女友達の手がぴたっと止まった。まさかの……大当たりがきたのである。

ただしそれは牡蠣ではなかった。

私たちの耳に、こんな会話が飛び込んできたのだ。

「ようやく会えてうれしいよ。でも、どうして急に俺とデートしてくれる気になったの？」

「ほかの男の子とディズニーランドに行くはずだったんだけど、雨降っちゃったか

ら」

私たちはがばっと同時に振り返った。

後ろの席には、三十代前後とおぼしきカップル風の男女が座っていた。

男性はシックなジャケットを着こなし、適度に遊び慣れている感じ。

一方の女性は可愛らしいけど、服装も髪型もカジュアルで、どちらかといえば素朴で恋愛慣れしていない雰囲気だった。

ところが、この女子が小悪魔を通り越して、悪魔だったのである。

「ひどいこと言うなあ。でも、ひさしぶりに会って思ったけど、あいかわらず可愛いよね」

「そう思うなら、今夜は、一晩中、飲みに付き合ってくれるよね」

彼女がそう言ってにっこり笑ったので、男性は嬉々《きき》として、もちろん、と即答。

ところがこれが大間違いで、彼女は本当にどんどん注文を始めた。とにかく生牡蠣もワインも、よく食べてよく飲む子なのである。

一方の男性は紳士らしく語りつつも、この場を早々に切りあげたいのが透けて見え始めた。

「そろそろ、移動」

と言いかけた彼を遮り

「私、ずっと牡蠣食べたかったんだ。ありがとう」

と彼女はにっこり。そして平気でほかの男の話を始める始末。しまいには、男性のほうが酔っぱらって、つらくなったのか

「俺、もう飲めないかも」

と言った瞬間、彼女はさらっと、そっかあ、と呟《つぶや》いた。

「じゃあ、今から、べつの男友達と飲みに行くから。今日はありがとう」

この一言には、さすがの男性も憮然《ぶぜん》としたようで

「それは、ひどくないかな」

と抗議するも、彼女はまったく意に介さず。

その後も、ずるずると二人の攻防は続いた。

聞いていると、どうやら男性側も、本気で付き合いたい、というよりは、とりあえず連れ込みたい、という気持ちが強いようだった。もしかしたら彼には妻か本命の彼女がいるのかもしれない。

やがて彼女は満腹になって満足したのか、あっさりと席を立った。

それでも引き留めようとした男性に、一言。

「じゃあ、今すぐ私と結婚して？」

……男性は、見事に撃沈した。

彼女は笑顔でお礼を告げると、軽やかに店を出て行った。

私と結婚して、という台詞《せりふ》は、女性側が切羽詰まった心境でだけ口にするものだと思っていた。まさかの飛び道具だったとは。

生牡蠣で上手《うま》く女性を誘ったと思いきや、残ったのは殻だけだった。

少々男性に同情しつつも、すごい試合を見たなあ、という感想を抱いた私たちだった。

恋愛小説を味わう

恋愛小説を読んでいると、食の場面に心奪われることが多い。

恋する男女は、食欲も旺盛《おうせい》だ。そこに潜んでいるのは、動物的なエネルギーだったり、家庭的な愛情だったり。関係性によって恋愛の形も食事の内容もさまざま。小説のメニューそのものを、現実に味わうことはできない。だからこそ世界で一番美味《おい》しい味を想像して楽しむ。

それまでは、あまり食べなかったのに、小説を通して好きになった食べ物もある。記憶に新しいのは、よしもとばななさんの『デッドエンドの思い出』（文藝春秋刊）の中の『幽霊の家』に出てきたロールケーキ。

町で有名なロールケーキ店の一人息子との恋を描いた短編だ。「少し固く焦げ目がついていて、たっぷりと生クリームが入ったロールケーキ」という描写が、ずっと愛されてきた、素朴で誠実な味を連想させる。

数あるケーキの中で、あえてロールケーキというのも、ミソだ。たとえばこれが、チョコレートケーキやアップルパイだったら。美味しそうだけど、なんとなく想像がつく気がする。

この短編を読んでから、一時期、色んなお店のロールケーキを食べ歩いた。個人的には、KIHACHIのトライフルロールが一番好きだった。クリームが甘すぎず、ふわっと口当たりが軽い。たっぷり入った果物も、良いアクセントになっていて、最後まで飽きない。実は生クリームが苦手なのに、いつもぺろっと食べられてしまう。

同じ食の場面でも、川上弘美さんの短編集『溺レる』（文藝春秋刊）には、一種、異様な雰囲気が漂っている。

『さやさや』という短編では、さっとゆがいただけの蝦蛄《しゃこ》を、初めて二人きりで会った男女が、ひたすら食べる。

殻には刺《とげ》が多くて気をつけなくてはならないので、ほとんど会話もせずに、殻ばかりが高く積み上がっていく。

一心不乱になるほど、美味な蝦蛄。食べてはみたい。ところが蝦蛄というのは、一見、昆虫のような見た目でなんともグロテスク。それが山積み。底知れない恋愛と、その手前で立ち止まる感覚が、そこで想起される。

それでも挑戦したくなって、近所のお寿司屋《すし》さんで蝦蛄の握りを頼んだら、哀しいほど身がぱさついていた。手近で済ませようとすれば、なんでも失敗するのだと痛感した……。

本書には他にも、生卵の飲み方や、寿司屋でシンコばかりを食べ続ける描写が綴《つづ》られている。

ミチユキ、アイヨク、という単語がカタカナで軽妙に交わされる分、それらの食の描写は強烈になまめかしく五感を刺激する。

恋愛小説といえば、田辺聖子《たなべせいこ》さんの作品にも食の場面は多い。一品がどーん、というよりは、頻繁にたくさん食べているという印象を受ける。

食事相手も、色々だ。

『愛してよろしいですか？』（集英社刊）では、ローマで出会ったばかりの日本人青年と、公園で、三日月パンとカマンベールチーズ、ワインにオレンジを分け合う。『ジョゼと虎と魚たち』（角川書店刊）に収録されている『雪の降るまで』では、京都《きょうと》の料理屋で既婚の男と会い、日本酒を飲み、甘えびや鯛《たい》かぶらをしっとり味わう。中でも印象深かったのは、『うたかた』（講談社刊）の中の『虹《にじ》』という短編だ。足の悪い主人公は、失恋した上に失業して、年老いた母親との貧乏暮らし。つらい状況の中で揺らめく、過去の熱情の記憶。やがて湧き上がる、新たな職への希望。明日《あした》がどうなるかは分からない。それでも燃え上がる火は、暗闇が濃いほど、いっそう強く輝いて見える。

ラスト近くで、主人公が、母親にお昼ご飯を奢《おご》ってあげる場面がある。春の川の堤に行き、チョコンとした母親がジャムパンを二つに割る姿は、切なく温かい。ジャムの懐かしい甘ずっぱさが口の中に広がる。

田辺聖子さんの書く主人公に共通しているのは、明日や十年後のことはさておき、今目の前にある楽しみに集中する、ということ。

『虹』の主人公でさえも

「わたしも倖《しあわ》せになりたかった。（中略）イヤな世の中だったがそうとわかればだれよりも強靭《きょうじん》に生きぬいてやりたかった」

と強い気持ちを見せる。

恋も食事も、始まりがあれば、かならず終わりがある。だから、どんな状況でも今という瞬間を存分に楽しもうとする主人公たちは楽観的なようで、実はとても賢いのだと思う。

最後に小説ではないけど、生前、数多くの男性と恋に落ちた宇野千代《うのちよ》さんのエッセイを紹介したい。

『行動することが生きることである』（集英社文庫刊）という本の中の、『台所より愛をこめて』という回である。

それによると、野菜を煮るときに、あく抜きは本当の旨《うま》みが抜けてしまうからしない。一番あくの強い牛蒡《ごぼう》でも、油で唐揚げにして煮る、というのだ。

普通、剝《む》いて切った野菜は水にさらしておく。それを最初に油で揚げるなんて、最近のヘルシー志向からは遠いやり方だ。でも宇野千代さんは九十八歳まで元気に生きた。

なにより牛蒡を唐揚げにして、牛肉もどっと入れて、たっぷり鰹節《かつおぶし》の出し汁と砂糖と醬油《しょうゆ》でことこと煮る……なんて聞くだに美味しそう。

エッセイの中には、

「生まれつき貪欲《どんよく》な性質と言うのであろうか。食べる物の好みなども、何とも言えず、しつっこい」

とある。この場合の「しつっこい」とは、自分流に料理を工夫することである。その探究心、好奇心は、彼女自身の恋愛の姿勢にもしっかり反映されている。

十代の頃から、恋愛小説を読んでは、まだ見ぬ恋人を想像したり、美しい名前のカクテルや食べたことのない食事に胸ときめかせた。

実際に恋愛したり食事するのは、もちろん楽しい。

でも、遠足は前日の準備を含めて楽しかったように、読書でたっぷりと想像をふくらませた時間があるからこそ、いっそう味わい深いのかもしれない。

元夫に再会する

木立が青々と色づいて、日差しも眩《まぶ》しい、穏やかな初夏の午後。

私はひどく緊張して待ち合わせの喫茶店に向かって歩いていた。

待ち合わせの相手とは、なにを隠そう元夫である。

離婚してずいぶん経ち、一人の生活も落ち着いた今になって、どうして元夫に会うことになったのかと言えば。

すべて私が原因なのだった。

元夫は、私とは同業者で小説家だった。

そんな彼に、私は離婚するときに

「お互いのことはもう書かないことにしませんか？」

と提案した。二人ともこれからまた新しい人生を始めるなら、そのほうがいいと思ったのである。

元夫もこれに同意して、ではさようなら、となったわけだが……

わずか一年で、私のほうがこの約束を守れなくなった。

恋愛エッセイやら、結婚に関するインタビューやらが重なると、だんだん私生活を隠して上手《うま》くかわしたり、つじつまを合わせるのが難しく（面倒に）なってきたりして……。

そんなわけで、意を決して、元夫に連絡を取り
「ちょっとご相談したいことがあるんだけど、良かったら、今度、お茶でも」

と持ちかけたのだった。

とはいえ、道を歩きながら
「うう、自分から提案しておきながら、撤回してくれだなんて。あいかわらず気まぐれで勝手な女だと思われるだろうなあ」

と早くも気が重くなっていた。

駅前の喫茶店に入ると、元夫は一足先に到着していた。

どうもどうもひさしぶり、という言葉を交わしてから、私は言った。

「ごめんね、いきなり呼び出しちゃって」

「ああ、いいよ。どうせ一人だと、ほとんど外に出ないし」

「あ、やっぱり」

ザ・文系で超インドアな元夫は、放っておくと、家に引きこもって興味本位で絶食してガリガリにやせ細ったり、その反動で大量の甘い物を一気食いして私に叱られたり、三日三晩テレビに張りついてゲームをやり続けて最後には首が回らなくなったりする困ったさんなのだった。

そんな元夫と、一人旅に出るような私がどうして仲良くなったのかと言えば、共通の担当さんが企画してくれた作家合コンで出会い、何度目かの飲み会で暑苦しい文学談義で盛り上がって、そのまま一緒に暮らし始め……という不思議な縁なのだった。

そんなわけで、意外と会話は弾み
「ところで、今日呼び出したわけは」

と本題に入ろうとしたとき、ふとお腹が空《す》いたことに気付いた。

「その前に、お昼まだだから、食べていい？」

「いいよ。僕もなにか頼むよ」

と元夫は気安く答え、それぞれメニューを見つめた。

十秒間ほど考えた末に
「オムライス！」

ほぼ同時に口に出していた。

注文して、ほどなく運ばれてきたオムライスは、チキンライスを包む黄金色《こがねいろ》の卵と、じぐざぐにかけたケチャップが、いかにも昔ながらの喫茶店の雰囲気だった。

さっそくスプーンで切り分けて口に入れた私は、うう、とうなって、顔を上げた。

「美味《おい》しいっ。この素朴な味が」

「そう、この普通の味がいいね」

元夫も真顔で同意し、相談はどこへやら、二人でオムライスを絶賛しながら、いつの間にやら完食していた。

一息ついて、食後のコーヒーを飲んでいると、元夫との食事の思い出が走馬灯のように蘇《よみがえ》ってきて、しみじみとした。

「思えば一緒に暮らしてたときには、色んなものを食べたねえ」

と口に出すと、元夫はうんうんと頷《うなず》いて、言った。

「君の食事で真っ先に思い出すのはあれかな。まだ出会って間もない頃に、夜中、仕事してて、僕がお腹空かせてたら、キムチラーメン作ってくれたやつ」

私はびっくりして、え、と訊《き》き返した。

「あんなメニューが？　だってあれ、インスタントラーメンだよ」

もっと手の込んだ料理も作ってたはずだけどなあ……と不思議に思っていると
「グラタンとかカツレツとか、そういう凝った洋食も印象深いけど、深夜のラーメンは、インスタントなのにキムチとか卵とか海苔《のり》とか入っていて具だくさんなのが、すごい女の人っぽかった。食べたいって言ったらすぐに出てきたところにも感動したなあ」

私はすっかり意表を突かれて、そうかあ、と呟《つぶや》いた。女にはまったく思いも寄らない意見である。

「あ、それで、なんの話だったっけ？」

元夫がようやく思い出したように訊いたので、私も我に返った。

「ああ、えっと、プライベートなネタを書かないっていう約束のことだけど、だんだん難しくなってきちゃって」

「あ、そう。べつにお互い作家なんだから。必要なときには、好きにすれば」

そんなわけで、すんなり了承を得たのだった。

美味しいものを楽しむ気持ちは、時を超える。それ以降、ちょくちょくお昼ご飯やら、お酒やらを共にするようになった。

そして……。

大地震のあった日

二〇一〇年から二〇一一年にかけては、個人的にも、社会的にも、記憶に刻みつけられる出来事が立て続けに起きた。

一つ目は、二〇一〇年に、二度目の結婚をしたことである。

その相手とは、二十代前半の頃に結婚して一度離婚した元夫だ。

周囲に報告をしたところ、当たり前だけど、びっくりする人も多かった。

今振り返ると、離婚後のほうが、むしろ自分が結婚していたことを意識することが多かった気がする。

ある日、テレビをつけたら、西原理恵子《さいばらりえこ》さん原作の『毎日かあさん』（毎日新聞社刊）が映画化され、主演の小泉今日子《こいずみきょうこ》さんがインタビューを受けていた。

映画の中で、元夫と夫婦役を演じたことについて訊かれた彼女が、離婚後の元夫との距離感を

に近いと答えた。

私は、ああ、とすごく納得した。夫でも恋人でもない、でも赤の他人とも違う。実にしっくりくる表現だった。

そして色々な巡り合わせもあって再婚するにいたった。

仕事の合間に、ばたばた挨拶《あいさつ》をして、引っ越しも済ませ、めまぐるしい日々もようやく一息……と思った直後のことだった。巨大地震の日が訪れたのは。

このエッセイを書いている時点でも、被災地の復興や福島《ふくしま》第一原発の問題は、現在進行形で続いている。

長い時が経てば、いつかは薄れていくのかもしれない。でも今現在は生々しい傷口が目の前に広がっている。

人の数だけ、忘れられない大震災の一日があったと思う。

いつものエッセイとは、雰囲気が異なってしまうけれど、記憶が鮮明さをなくす前に、私の一日を書き綴《つづ》っておけたらと思う。

三月十一日の午後、私と夫は吉祥寺の古い喫茶店にいた。

目の前には共通の知人がいて、私たちの結婚式の挨拶を頼んでいる最中だった。彼らはコーヒー、私は熱々のホットミルクを飲んでいた。

白いミルクの表面の薄膜が、ふいにふるえた。

天井からぶら下がった、華奢《きゃしゃ》なガラスのシェードが、ぐいぐいと左右に動いている。地震だ、ちょっと大きいですね、と言い合った。すぐに止まるものだと思っていた。いっそう揺れが強くなってきて、じわじわと込み上げたのは、困惑だった。お客が、一人、また一人と店から出ていった。

とうとうエプロン姿の店長が立ち上がり、ドアを開けて、店外への誘導を始めた。逃げなきゃ！　そう思い、とっさに隣を見たら……。

夫は五分前と変わらぬ顔で、平然とコーヒーを飲んでいたのである。

話は少々脱線するが、夫と初めて「作家合コン」なるもので出会ったとき、帰りのタクシーの中で、偶然、二人が斜め向かいのアパートに住んでいることが判明した。あまりの偶然に動揺する私をよそに、夫はとくに驚いた様子もなくアパートに帰っていった。

あれから何年も経つが、彼が適切な場面でびっくりしているところを見たことは、まだない。

知人もそうとうのんきな性格だったため
「こういうときに焦って外に飛び出すのが、いいとはかぎらないよな」

と言って、ぐらんぐらんする椅子に腰掛けてコーヒーを啜《すす》っていた。

その間も揺れは激しくなる一方で、私の動揺だけがピークに達した瞬間、夫がのんびりと言った。

「君、避難していいよ」

ちなみに私たちは横並びに座っていた。

「だったらどいてよ！」

私は動こうとしない男たちを押しのけて、一人で外へと逃げた。

だだっ広い道の真ん中で、電柱も建物も激しく振動する光景を見上げたときの気持ちは忘れないと思う。

数分前まで、目に映る風景は絶対だと信じていたこと。自分の運命ならコントロールできるはずだ、と無意識に思い込んでいたこと。でも、怖いからもう揺れないでほしい、という願いすら、本当はどこにも聞き届けられない。その無力に気付いた。

ようやく揺れがおさまったので、店内に戻った。

ところが、その後も強い揺れは何度か続いた。私はテーブルの下に潜ったが、あいにくテーブルが小さいために、頭しか入り切れず
「君、足がはみ出してるよ」

と夫に指摘され、ムキーッとなった。

そんなことをしている間に、都内の交通網は完全にストップしていた。

店を出て駅へ着く頃には、乗客が殺到していた。混乱を予想した駅員が、ささっと出てきて、改札のシャッターを閉めてしまった。

階段には、途方に暮れた人たちがずらっと腰掛けている。いたるところから、どんどん人が溢《あふ》れ出て、駅前の通りまで埋め尽くされた。

唯一、運行しているバスと、タクシー乗り場には、気が遠くなるほどの行列ができていた。

それでも
「少しでも自宅に近付こう」

と意見が一致し、比較的、需要の少ない近距離バスになんとか乗り込んだ。

何度か乗り継ぎ、隣駅までたどり着くことができたので、バスを降りた。

駅前の何軒かはシャッターが下りて、人々の緊張感が張りつめて騒然としていたが、裏通りに入ると、普段と変わらない日常が広がっていた。八百屋や精肉店が、淡々と営業を続けている。街全体は暮れなずんで、空の片隅にだけかすかに茜色《あかねいろ》が残っていた。

商店のテレビには、震災や津波によって壊滅した風景が映り、キャスターが張りつめた口調で被害状況を伝えている。そのギャップに愕然《がくぜん》とした。地続きだった世界が分断されてしまった、と感じた。

携帯電話は誰にもつながらず、私たちはカレーの材料を買ってから、足早に帰宅した。

奇妙なことに、その後、停電しなかった地域ではカレーを作ったというネットの書き込みをいくつも見た。非常時にはカレー、という発想が、日本人の中に共通してあるのか。不思議なくらいにほかのメニューは思い浮かばなかった。

引っ越したばかりの新居は、半分くらい段ボールが空いていなかったために、落下物はほとんどなかった。

私と夫はまだ照明器具もテレビもないリビングで、卓上ライトとラジオだけをつけて、カレーを食べた。

永い夜だった。たくさんの悲しい出来事が、いくつも通り過ぎた。

私はラジオのニュースを聞きながら、始めたばかりの結婚生活と、住み慣れない家が、自分の帰る場所として定まるのを感じた。

非常時が、自分の最小単位を、一人、ではなく、家族、にしたことを。同時に、なんの前触れもなく、それらすべてが失われる可能性を得たことも。

震災後、被災地を訪ねた友人から、六人家族の中で一人しか生き残っていないような現状をたくさん見た、という話を聞いた。

経験していない自分の想像力では、決して追いつけない現実がある。

だから、追いかけなくてはと思う。せめて自分にできることを探して。

被災地の方達が、安心して笑える日常が、一日も早く訪れることを、心からお祈りしています。

再婚式への道のり・前編

コートを着込んでも、なお凍える十二月某日。
ゴージャスな結婚式場内で、私と夫は完璧《かんぺき》に道に迷っていた。
前回、同じ相手と二度目の結婚を果たした、というご報告をした。
世間の常識に疎い二人でも
「これでまた別れたら大ひんしゅく」
ということは、さすがに思った。そうなれば、もはやただのご祝儀ドロボーである。
というわけで再婚するにあたり、前回の反省点を振り返ってみた。
その筆頭にあがったのが
「結婚式をやらなかった」
ことである。
初婚時、まわりは当然式をやるものだと思って、積極的に手伝おうとしてくれてい

た。にもかかわらず当の本人たちが
「お金がもったいない」

「ベタな演出が恥ずかしい」

「忙しくて時間がない」

等々の理由から乗り気じゃなかった。

しかし、お互いに年齢を重ねて多少なりとも世の中を知るようになった。

そして時間と手間をかけて式を挙げることは、結婚に対する一つの大事な意思表示だと、気付いた。

……と回りくどい言い方をしたが、要は、同じ相手と再婚する、というワケ分からんことをしたので、式ぐらいはきちんとしないと皆心配するだろう、と考えたのだった。

そんなわけで、もともとこだわりのない二人。会場はすぐに決まった。

式から披露宴までいっぺんに行える都内の某有名ホテルである。

予約した日に、私たちはホテルへと出向いた。さっそく会場でスタッフの方との打ち合わせをするためだ。

式の形式、披露宴の流れ、会場のコーディネイトや招待状のデザインまで……決めることは山積みだった。

通常は、着席が一般的だが、今回はあえて立食にしてもらった。仕事相手の会社がばらばら、友人の職種もばらばらなので、席次表を組むのが難しかったためである。

立食の不安要素の一つは、食事の量が少ないことだ。念入りにメニューを確認したところ、さすがに有名ホテルだけあり、ボリューム、質ともに問題はなさそうだった。

お酒好きな人が多いので、本来は乾杯直前に配るドリンクを、開場してすぐに飲めるようにしてもらった。

ほかにも細々としたことを決めていき、一通り把握した後は。

花嫁にとっての最大のメインイベント。

衣装決めが待っていた。

私たちのプランは神前式&披露宴だった。ちなみに神前式というのは、私の熱烈な希望で叶《かな》えてもらったものである。

数年前から、結婚式をするなら神前式がいいな、と漠然と考えていた。先輩の作家さんが明治神宮《めいじじんぐう》で式を挙げたときに、凛《りん》とした新郎と新婦の美しさを目の当たりにして感動したからだ。

もともと着物好きなので、和装ができるのも嬉《うれ》しかった。

元来、のっぺりした日本人顔の自分がウェディングドレスを着たところで、絶世の美女に変身するわけはない。

衣装室に案内された私はさっそく用意された白無垢《しろむく》に袖《そで》を通した。

白無垢というのは、一見、シンプルなようで、実際に羽織ってみるとずっしり重い。びっしり施された刺繡《ししゆう》が浮き上がって、清楚《せいそ》ながら意外と華やかなものである。

そして、さすが日本人のために作られてきた衣装。非日常のよそおいでありながら、さほど浮くことなく馴染《なじ》んだ。

私が脱ぎ終えると、店員さんはばばばと白無垢を片付けてしまった。花嫁のメインはあくまでウェディングドレスという認識らしい。

安堵《あんど》と不安がないまぜの中、今度はドレスのコーナーへと進んだ。

次の瞬間、イギリス王室かと錯覚するようなゴージャスな輝きが、私の視界をおそった。

装飾華美な純白のドレスがずらっと並び、スタッフの方が
「どんなデザインがご希望ですか？」

と笑顔で訊《き》いた。私は腰が引け、曖昧《あいまい》に笑うばかりだった。

「できるだけ地味……じゃなく、シンプルなので」

何点か用意してもらったものを運んで、試着室へと向かった。

試着を済ませた私は、鏡の前でうっとのけぞった。

似合わない……。

化粧と髪型が普段通りなのにドレス、ということにも無理があるのだが、壮絶な違和感である。純白の衣装がこれほど自分のアラを浮き立たせるとは。なぜ花嫁がこぞってブライダルエステに駆け込むのか、初めて理解した。

私は失意のままにカーテンを開けた。夫はのん気に、すげー、本物のドレスだー、と盛り上がっていた。

何点か試着後、夫に写真をとってもらい、帰って検討することになった。

帰りのバスの中で、夫から写真を見せてもらった私は愕然《がくぜん》とした。

一枚も顔がまともに写っていないのである。

すべて顔にだけ影がかかり、きれいに写っているのは後ろ姿だけ。これでは判断しようがない。

「……なんで、顔が写ってないの？」

私の押し殺した口調に、彼は焦って
「店内の照明が暗かったから」

と説明した。しかし
「その場で教えてくれれば移動したのにっ。そんなにどうでもいいの⁉　それとも皮肉なの⁉」

ドレスへのがっかり感も手伝って、怒り大爆発。

女の怒りというのは、往々にして飛び火する。

その後、バスが停留所に着くまで、夫は私への対応の適当さを延々責められる羽目になったのだった。

疲れ切った私は、帰りの喫茶店で激甘のチョコレートケーキをばくばく食べて脳を麻痺《まひ》させつつ、こんな調子で当日を迎えられるのだろうか、とすっかり不安になっていた。

再婚式への道のり・後編

ばたばたしているうちに結婚式当日はやって来た。

朝起きた私は、まず、おにぎりを握った。式当日は軽食を用意しておくべし、と本に書いてあったためである。

温かいおにぎりを抱えて一足先に家を出た私は、一抹の不安も抱えていた。それは実母のことである。

お嬢様育ちの母はパリス・ヒルトンのごとく非常識かつ奔放な性格のため、厳粛な場できちんとできた例《ため》しがない。

最近、一番びっくりしたのは家族で夕飯を食べていたときのことである。

「そういえば、あさって、お世話になった人のお葬式があるの」

と母が思い出したように言った。

「そうなんだ」

「それでね、喪服が見つからないから、黒いジーンズでもいいよね？」

母の発言に、その場にいた私と弟は凍りついた。

いいわけないだろ！

ていうか今までのお葬式ではジーンズ穿《は》いてたのか……⁉

私たちが散々説得した末に、母は祖母に電話をして喪服を借りることになった。

そんな母である。

今回の結婚式も、当然、私のところに電話をかけてきて
「ねえ、当日は普通のワンピースでもいいの？」

と訊いてきたので、私は、やっぱり、とうなだれつつ答えた。

「もう少しフォーマルな格好がいいと思うけど……仮にも新婦の母なんだし」

「そう？　じゃあ、お母さんに電話して、着物を借りるわ」

またしても祖母のワードローブ大活躍。母と違って、祖母は常識人なのである（母を育てた張本人であるという点で、祖母もまた本当に普通かはいまいちあやしいが）。

服装でこんなにつまずくなんて、当日なにが起きても変じゃない。私は電話を切ってから頭を抱えた。

式場のホテルに着くと、すぐにヘアメイクが始まった。

予行演習はしていたものの、いざ本番になってみると、やはりプロのメイクというのはすごい。つやつやのぴかぴかである。

今この顔がきっと私の人生のピーク……と鏡を見ていたら、今度は着付けが始まった。いかにもベテランという風情の女性たちに囲まれ、電光石火のごとくぱぱぱと帯を巻かれ、あっという間に和装が完成した。

が
「あの……お手洗い行ってもいいですか？」

という私の一言で、彼女たちはぱぱぱと帯をほどく羽目になった。気まずくなった私は逃げるように化粧室へ向かった。

支度が終わると、新郎と合流した。

黒髪でメガネの夫は紋付き羽織袴《はかま》が似合っているものの、扇子を調子に乗って振り回すため、やや落語家のような風情である。

集合時間が近付き、神社に移動しようとした矢先
「新婦様側のご親族がまだ、どなたもいらしていないんですが……」

介添えの女性に言われて、私の顔にザーとタテ線が入った。ちなみに新郎の親族は全員集合していた。

そもそも本来なら新婦の母親は集合時間よりも早く来て、なにかと娘の世話を焼くものらしい。そんな期待を一ミリも抱いてなかった私は胃の痛くなる思いで、せめて出発までに間に合ってくれと祈った。

なんとか全員そろったところで、車で神社へと向かった。母は奇跡的に黒留袖《くろとめそで》を着ていた。髪型や襟の抜き方がどことなーく極妻風だったが、この際、贅沢《ぜいたく》は言えない。ジーンズで登場しなかっただけでも、ばんばんざいである。

神社に到着すると、すぐに式が始まった。

式の最中、背後からは参拝客がちゃりーんとおさいせんを投げる音が響き、平和な休日のムードに包まれていた。なかなか和やかで良い感じである。

ところが指輪交換の段階になると、私の指に指輪がはまらないという事態が勃発《ぼっぱつ》した。試行錯誤する夫に、まわりからは、がんばれー、というヤジが飛ぶ始末。私の番になると、やはり夫の指にも指輪ははまらなかった。二人とも着慣れぬ衣装で手がむくんだのだ。

私は素知らぬ顔でぐいぐいと力ずくで指輪を押し込み、なんとか交換を終えた。

ホテルに戻ると、休憩時間があったので、控室で夫とおにぎりをつまんだ。

とてもお腹が空《す》いていたので、梅のおにぎりとウーロン茶がやけに美味《おい》しく感じられた。

一足先に夫がいなくなると、またヘアメイクを直されたりして、あれこれと世話を焼かれた。

披露宴の時間が近付いたので、廊下へ出ると、羽織袴の黒人男性がなにやらハッハッハッと陽気に喋《しゃべ》っていた。

奥さんは日本人かしら、となにげなくちら見した私は目が点になった。

彼が話しかけていた相手は、私の夫だったのである。

夫が戻ってきたので、私は尋ねた。

「……なに話してたの？」

「え、祝詞《のりと》が言えたかとか、なんの仕事してるのかとか」

ちなみに夫の英語力は、ディス・イズ・ア・ペンで完全に止まっている。中学一年生の二学期のほうが、まだ高度なくらいの英会話力である。

「むこうが日本語喋れる人だった？」

「いや、全然。けどノリで伝わったよ。アイ・キャント・スピーク・イングリッシュ！　って言ったら爆笑された」

何年も英会話教室に通ったのに上達しなかった私は、ちっとも笑えなかった。

「うう……めったに外にも出ない夫に負けるなんて」

私は落ち込みつつ、披露宴会場へと向かった。

入場すると、一斉に招待客が笑顔で出迎えてくれた。最初は照れ臭かったものの、親しい人たちに囲まれて祝福されると、じわっと嬉《うれ》しい気持ちが込み上げてくる。

司会者のなめらかなスピーチのおかげで、つつがなく披露宴は進行した。

歓談もそこそこに、お色直しの時間がやって来た。

付き添い役の母は、見れば見るほど極妻であり、そんな母に手を引かれる再婚新婦、という誠に初々しくない退場であった。

控室に戻ると、ふたたび電光石火のヘアメイク&着替えが展開された。結った髪も、気がつけばハーフアップのロマンチックな髪型に。本当にプロの仕事には恐れ入る。

おしまいに百合《ゆり》のブーケを差し出されて
「片手で持ってくださいね」

と言われ、なにげなく受け取った瞬間、鉄アレイのような重量感に仰天した。

ブーケが重いっ、予想外に重すぎる……っ。

笑顔で再入場したものの、私の片腕はぶるぶるしていた。

途中、演出の関係で会場がふっと暗くなった。

その瞬間、私と夫はここぞとばかりに箸《はし》をつかんだ。お寿司《すし》やローストビーフをばくばく口に運ぶ。美味《うま》い！　さすが食事に定評のあるホテル！　鮪《まぐろ》は品良くとろけるし、お肉も柔らかい！　私たちは暗闇にまぎれて餓鬼と化した。

少し胃が満たされたところで、中学からの女友達のスピーチが始まった。思い出話にうるうるしているうちに、今度は新郎友人の番になった。

マイクの前に登場したのは、美形だけど超オタクの友人M氏である。

M氏は私たちをよく知ってるだけあり、具体的な馴《な》れそめを語ってくれた。が、最初の結婚のときにはM氏が婚姻届の保証人になったというくだりから、雲行きが怪しくなり

「俺が保証人になった四組の夫婦は、全員、離婚しました。でも今回二人は違う知り合いの方に頼んだので、大丈夫だと思います」

という縁起の悪いエピソードを披露して、招待客を困惑させていた。

ラストは、プロの女性シンガーの生演奏と、親への贈り物とで締めくくられた。

控室に戻り、あっという間に帰り支度を終えると、なんだか魔法がとけたようだった。

夫と、無事に終わって良かったねー、と言い合っていたとき、介添えの女性が困惑

したように駆け寄ってきた。

「新婦様のお母様が、お荷物を忘れて帰ってしまったんですけど」

どーん、と一気に疲労感におそわれた私は、ほんとにすみません……と力なく謝った。

ところが、それだけでは終わらなかったのである。

後日、夫がインターネット上の番組に出ることになったので（ニコニコ動画の生放送です）、見ていたときのこと。

ほかの出演者も、結婚式に来てくれていた作家さんや編集者だったため、自然と、その話題になり

「そういえば、島本さんのお母さん、すごい美人だったよね」

という誰かの一言から、なぜか私の母の話へ。

いやーな予感がした直後

「でもさ……島本さんのお母さん、滝本竜彦《たきもとたつひこ》さん（『NHKにようこそ！』の著者。元ひきこもりで有名）とUFOと宇宙人の話してたよ」

ニコ生の最大の特徴。

それはリアルタイムで視聴者がコメントを画面に書きこめることである。

その瞬間、画面に、どばーっと

「お母さんって何者」「結婚式で宇宙人の話って、大丈夫？」「もしかして電波系なのか⁉」

というコメントが乱れ飛んだ。

私がパソコンの前に突っ伏したことは言うまでもない……。

式当日までの悲喜こもごもを思い出しながら、色んな意味で結婚式はやっぱり生涯に一度きりがいいな、としみじみと実感したのだった。

後日談

――「ラーメン女子の実態」その後

小説にはなんの役にも立たないラーメン研究は、その後も続いている。

しかしながら、最近は新店舗がどんどんできるため、新規開拓が困難になってきた。

人はラーメンのみにて生くる者に非《あら》ず。

そう言い聞かせながらも、先日、私は夫とともに高田馬場《たかだのばば》の有名なつけ麺屋《めんや》の行列に並んでいた。

そのお店は量が多いと有名だったので、大盛りにはせずに、普通盛りを注文した。

最近流行《はや》りのつけ麺は、かなりどろっと濃厚なので、いきなりずずっと啜《すす》ったりはせずに、ちょっとつけて、慎重に口に運んだところ……

美味しい！　麺がつるつるだけどこしがあって、スープもちゃんと風味の繊細さが失われていない！

となりに夫がいることを忘れ、私は猛然とつけ麺を完食した。

ごちそうさま、と器を置いた直後、となりでまだ食べている夫の姿が目に入った。

「ねえ。麺足りなかったから、ちょうだい」

夫があきれたように麺のどんぶりを差し出した瞬間、ななめ向かいに座っていた、さらさらロングヘアの大学生風女子がぎょっとしたような顔をした。

なんだろう、と首を傾げつつ、ふたたびつけ麺を食べ始めたとき、その大学生風女子が彼氏にむかって囁《ささや》く声が聞こえた。

「あの人、さっき来たばかりなのに、もう食べ終わって、おまけに麺足りないって言ってるんだけど」

「すげえよな」

「私なんて、もうお腹いっぱいで食べられない……」

二人の会話はそれなりに小声だったものの、ラーメンを啜ることに没頭するお客だらけの店内では、筒抜けだった。

凍りついていた私の耳に、彼氏のさらなる一言が飛び込んできた。

「いいんだよ、おまえは今のままで」

え、なにこの空気……。

ラーメン屋でひとをダシにしていちゃつくな！

つけ麺は美味《おい》しかったものの、私は意気消沈して店を出た。ラーメン屋に入るときだけ男子に変身できたらと思う。

――「日本酒よもやま」その後

読み返して、よくもこんなに無茶な飲み方をしていたものだと思った。

酒は飲んでも飲まれるな、というけれど、お酒の好きな人で一度も失敗したことのない人はいないのではないかと思う。

失敗を味わったことのある人は、他人にも優しい。

飲み過ぎた翌朝に、飲み仲間に
「昨日は酔いすぎて失言が多かったかも……ごめんね」

というメールを送って、笑って許してもらったことは数えきれない。

そんな折、有名アイドルが泥酔して乱れた服装のまま泣いている写真が、週刊誌に掲載されたという情報をキャッチした。

「アイドルの泥酔!?　そ、それはレアすぎる」

と好奇心に駆られ、偶然、病院の待合室でその週刊誌が置かれていたため、思わず手に取って開いた。

それを見た私の感想は

「なんだか懐かしい」

というものだった。

二十歳になりたての頃、まだお酒の味も飲み方もよく分かっていなくて、酔っぱらって失敗して、同世代の友達や異性を相手に、泣いたり怒ったり傷ついたりしたことを鮮明に思い出した。

女の子が人前で泥酔してあられもない姿を見せるのは、あまり誉められたことではないけれど、そこから学ぶことも若い時期には必要じゃないだろうか、と個人的には感じた。

などと大人風を吹かせていたら、先日、私自身が打ち合わせの席で日本酒を飲み過ぎて、最後のほうでとつじょ記憶がぶっつり途切れた。

気が付くと、深夜の路上に、私は倒れていた。

朦朧《もうろう》としたまま顔を上げると、地面には、自分のバッグの中身が散乱しており、すぐそばのインド料理屋のインド人店主と目があった。彼の軽蔑《けいべつ》しきった眼差《まなざ》しが心に痛かった……。

インド人店主にゴミを見るかのような視線を向けられた私は、バッグの中身をかき集めながら頭の中で、ごめんなさい、もう二度と飲み過ぎたりしませんから……とあさってのほうに向かって謝った。

――「おひとり様でどこまでも」その後

おひとり様のおそろしいところは、一度慣れると、どこまでも突き進むことである。近所の牛丼屋から携帯もつながらない離島まで。もはや怖いもののなくなった自分が怖い。

その中でも、究極のおひとり様体験は、初夏のリゾートホテルin石垣島《いしがきじま》である。その時期は、公私ともに忙しくてトラブル続きで、心身ともに疲れきっていたために

「誰にも気をつかうことなく、休暇を満喫したい!」

と思い立っての一人旅だった。

ようやく仕事を片付けて、現地のホテルに到着した私は、さっそく泳ぐぞー、と水

着に着替えてビーチに出た。

そして待っていたものは……

カップルと幸せ家族と仲良し女子グループの溢《あふ》れ返った砂浜だった。

そもそも私が予約したのは、それぞれのコテージが独立した、ムード満点のリゾートホテル。シティホテルやバックパッカー向けの民宿ならいざしらず、そんなリゾートホテルに一人で泊まりに来る客なんかいないのである。

都会に疲れて憔悴《しょうすい》しきっていた私は、美しい自然に癒《いや》されるどころか、よそさまの幸せオーラを浴びて、どん底まで孤独を味わい、ビーチを去った。

翌日からはホテルにひきこもり、毎夜、海ぶどうと島豆腐とオリオンビールを買い込んで、部屋で飲んだくれていた。地獄のようだった。

ぼろぼろになって東京《とうきょう》に帰ってきた夜、私は行きつけのバーへ駆け込んだ。

「こんばんは。あれ、ずいぶん日に焼けてますね。どこかへ行って来たんですか？」

「ちょ、ちょっと石垣島まで」

「わ、いいですね！　ずいぶんのんびりできたんじゃないですか」

「それが、そこまででも……」

馴染《なじ》みのマスターとの他愛ない会話に、あれほど心救われたのは初めてだった。

私は冷えた生ビールを飲みながら、二度と夏のリゾート地にだけは一人で行くまい、と固く心に誓った。

――「屋形船に乗ってみた」その後

屋形船に初挑戦した数年後、べつの知り合いから屋形船のお誘いがあった。

ほとんど面識がないメンバーだったので

「うーむ。初対面だと緊張するからなあ、ちゃんと会話が弾むだろうか」

とちょっと迷いつつも、新しい人間関係が広がるかも、と期待して出席することに決めた。

そして当日。

夏の夕暮れに、風流な屋形船に数十人が乗り込み、ゆるゆると出航したところで乾杯した。

お酒が入ると、近くの席の人たちとも少しずつ喋《しゃべ》り始めた。

そして愕然《がくぜん》とした。

まわりがなにを喋っているのか、まったく分からなかったのだ。

その屋形船は、私を除くほぼ全員がアニメ業界の人だったのである。

私の頭上では、制作会社の名前が当たり前のように飛び交っていた。そこからプロのマニアックなトークが展開されたため、「だから」「それで」などの接続詞以外、まわりが一つもなに言ってるんだか分からない私は愛想笑いを浮かべて相槌《あいづち》を打ち続けるマシーンと化した。

普通の飲み会だったら、自分の場違いを自覚したらさりげなく中座すればいいだけの話。

しかし屋形船は下りられないのである。

私は無言でひたすらビールを飲みながら、川の上をゆらゆら流れる船のごとく、自分だけどこかへ流れていってしまいたいと思った。

――「再婚式への道のり」その後

同じ相手と再婚して式を挙げる、というのは、なかなか貴重な体験だったと思う。

今でも記憶に残っているのは、式の準備中にプロの司会者との打ち合わせをしたときのことだ。

本番当日は、二人の出会いから結婚までのなれそめを紹介するというので
「実は私たち、二度目の結婚なんです……同じ相手と」

出会いは作家合コンという謎の企画で、結婚して一年で離婚、二年後にまた再婚という、ひじょーに不穏ななれそめを赤裸々に語る羽目になったのだった。

プロの司会者は困惑しつつも
「分かりました。途中の経緯は、なんとか上手《うま》くやりますから」

と言い切った。

そして当日。

プロの司会者は、にこやかな笑みを浮かべて、きっぱり読み上げた。

「一度は距離を置いた二人……離れていたことで、お互いへの愛を再確認したのです！」

物は言いよう、とはまさにこのこと。事情を知っている会場中がどよめきながら爆笑していた。

それにしても、同じ相手と再婚する、というのは、ちょっと説明がややこしくて面

倒なときがある。

なにか一言で表現できないものか、と考えていたときのこと。

仕事仲間の結婚式に出席する機会があった。

そのとき、私が座っていたのが、バツイチの招待客ばかりの席だったので、自然と離婚や再婚の話になり（なんとも縁起の悪すぎる席ですね）

「同じ相手と結婚したから、私のバツは消えないかな」

と私が呟《つぶや》いて、まわりから

「そういうシステムじゃないから！」

と総突っ込みを受けたりしていた。

そこで、ふと

「同じ相手と再婚した場合、なんと呼べばいいか考えてもらえませんか」

と私がお願いしたら、とある歌人の方が

「ちょっとユーミンみたいだけど、リフレイン婚とかどうかな」

と提案して下さった。

なるほど、それは分かりやすくていい、とまわりからも同意を得られたので、さすが歌人、と私はいたく感心して家に帰ってから

「そんなわけだから、今度からリフレイン婚って言うんだ」

とテレビを見ていた夫に言った。

すると、夫はびっくりしたように言った。

「いいけど、どこで使うの？　同じ相手と再婚するのが流行《はや》らないかぎり、結局は意味が通じなくて、説明しなきゃいけないんだから同じことじゃないの？」

正論すぎてぐうの音も出なかった……。

しかしながら、そんなことで世の中に再婚が増えることを願うわけにもいかず、説明の必要な日々はこれからも続いていくのでありました。

文庫化特別書き下ろし

夏の長い長い一日

ある夏の朝、軽い腹痛で目覚めた私はふと腕組みして、夫を起こした。

「どうも、産まれるみたい」

日頃から感情の起伏がない夫は寝ぼけながら、おお、そうなの、と他人事《ひとごと》のように言った。私はいそいそと病院に電話をかけた。そして長い長い一日は始まった。

さかのぼること十カ月弱前。

なんだか最近お刺身とか食べると気持ち悪いしイライラするわ、と思って病院に行ったところ
「お子さんいらっしゃいますね」

とあっさり告げられた。

母になる⁉

自分が人間を一から育てる…⁉

私の動揺をよそに、子供好きの夫は小躍りして喜んでいた。

妊娠初期といえば思い浮かぶのはつわりである。

オレンジジュースしか飲めないとか、梅干しをやたら欲するとか、はたまたマクドナルドのポテトしか食べられない（これは意外と多いらしい）とか、そもそもなにも食べられなくて吐く、とか悲しい話ばかり聞くので、私は戦々恐々としていた。夫は熱心に出産関連の本を読み込み、妻のつわりをサポートすべく知識を蓄えていた。

そしてつわりのピークが訪れる妊娠三カ月目。

ちょうど日記に食事の記録が残っていたので転記してみる。

朝食　ヨーグルト　パイナップル　麦茶

昼食　サラダ　海老《えび》炒飯《チャーハン》　生春巻き　蒸し鳥のスープ　タピオカ

夕食　しらすご飯　納豆卵焼き　小松菜の炒《いた》め物　バンバンジー　蕪《かぶ》の豆乳スープ

……ダイエット中の女子高生よりよっぽど食べている。

そう、ほぼつわりがなかったのである（たまにこういう人いるらしい）。

お酒を飲まなくなった分、食欲が増していっそうよく食べる私に夫は脱力していた。

この時期の変化で一番印象に残っているのは、味覚と嗅覚《きゅうかく》が異常に鋭くなったことだ。野菜も果実も繊細な旨《うま》みが感じ取れるようになって、食べ物って本来こんなに奥行きのある味だったのか、と毎日びっくりしていた。

スーパーマーケットで苺《いちご》を買った帰り、どうしてもすぐに食べたくなって路上で一つだけ齧《かじ》った瞬間に

「畑の味がする！　今、大地の香りと太陽の味が私の体の中を突き抜けた……」

といたく一人で感激したのを覚えている。

そんなわけでよく食べ続けて十カ月間すくすく育った赤ん坊と、ようやく対面できる日が訪れたのだ。

夏の蒸した空気の中、タクシーに運ばれて病院に到着した。

診察室に呼ばれて、いざエコーでお腹の中を見たところ

「陣痛始まってるけど赤ちゃんは……あ、寝ちゃいましたね」

我が子ものんきだった。

階段を上がり下りしたりバランスボールで体操して陣痛を促進するように、と指示を受けた私はすごすごと病室に引き返した。

「なにか飲み物でも買ってこようか」

と気を利かして尋ねる夫に
「じゃあ、お団子」

と私は即答した。まだ食うのか、と夫は呆《あき》れながら病院を出ていった。

夫の買ってきたオレンジジュースを飲んでお団子を食べて軽く動いて、という平穏なくり返しと共に日が暮れた。

あたりの住宅街が闇に包まれた頃、不穏な感覚に突如襲われた。

体の底からうねるような波がやって来たかと思うと、突然どしんっと自転車に当て逃げされたような痛みを感じて、ばちっと目が覚めた。

自転車の当て逃げは、次第にトラックの当て逃げへと変わっていった。あまりのハードさに私はiPodを検索して気を紛らわせるための曲を探した。

そしてたどり着いたベストソングはサカナクションの『バッハの旋律を夜に聴いたせいです。』だった。

「え、なんで？」

と思われるかもしれないが、最初から最後までテンポがほぼ一定でテンションがじょじょに上がっていくこの曲は、じつは陣痛のリズムにそっくりだということをそのとき発見したのだ。

そして曲を延々リピートし続けた私の脳内はバッハという単語一色に染まった。

だんだん自分がなにやってる最中だか分からなくなりつつも、数時間後には立って移動するのが難しくなったために床を這《は》って自力で分娩《ぶんべん》室まで移動した。

学生時代は、極寒の雪の中、朝から晩まで催事場の看板を持って立つだけのバイトをしていた私はおそらく忍耐力があるほうである。それでも予想以上の陣痛の激しさに衝撃を受けた。

このまま自分が人間から獣に脱皮するのではないかとさえ思い、失いそうな意識の片隅でふと

「昔、ヒロインが豹《ひょう》に変身する漫画流行ったたな」

などとまったく出産と関係ないことを思い出していた。

青いもやのたちこめる早朝、とうとう、びえー、という泣き声が分娩室に響いた。

病院のはからいでBGMにはジブリの音楽が流れ、優しい雰囲気に包まれていた。

が、ちょうど『千《せん》と千尋《ちひろ》の神隠し』の主題歌の途中で生まれたために「生きている不思議――死んでいく不思議――」

などと少々不穏な歌詞を耳にしながら、我が子と対面する羽目になった。

赤ん坊も私も疲れ切っていてなんだかふにゃふにゃしていたが、やはり可愛らしいものであった。

それから数年後。

我が子はすくすくと成長し、私が二日酔いで朝から倒れていると

「ママはもう家にいるだけでいいから。先に起きてるね」

などと見切りをつけてさっさと布団から出ていくまでになった。親の苦労子知らずというけれど親を選べない子供こそ大変だよなあ、と痛感するのだった。

それでもなんとか日々働きながら育児に奮闘する自分なんて、エッセイの連載が始まった頃は想像もしていなかったと最近では懐かしく思い出すのだった。

あとがき

よく読者の方から

「小説とエッセイでは、全然、雰囲気が違いますね」

という感想をいただく。

きっと脳内のシリアスな成分は、すべて小説に使ってしまって、残りの下らない成分だけをエッセイに投入しているのだ。もう少し上手《うま》く混ざらないものかと我ながら思う。

とはいえ、今回のテーマは恋愛だ。恋をすれば、当然、出会いと別れを経験する。その上、連載中に東日本大震災も起こり、笑ってばかりじゃいられないときも多々あった。

生きることは、食べることだと思う。少なくとも、食べることなしに生きることはできない。そして笑うことは、よりよく生きることに通じる。

この本を読んでくださった皆様が、馬鹿だなあ、とか、自分のほうがまだマトモだなあ、などと思って、少しでも肩の力を抜いていただけたなら幸いです。
最後に、エッセイ集に登場することを快く了解してくれた家族や友人や担当さんたち、そして夫に感謝しています。

二〇一二年十二月四日

自宅で牡蠣鍋《かきなべ》をして、〆のうどんを食べた後で。

島本　理生

文庫化にあたってのあとがき

数年ぶりにエッセイ集を読み返したら
「なんて元気だったんだろう！」

とびっくりした。出来事だけじゃなく、文章自体にあり余るほどの若いエネルギーが溢《あふ》れている。書いた当時は二十代半ばで独身を謳歌《おうか》していたことを思い出す。友達と楽しく酔っ払って、たくさん食べて笑って旅して……色々悩むこともあったはずだけど、それも含めて充実した日々だったことに気付く。眩《まぶ》しいけど、少しだけ切ない。自然と会わなくなっていった友達や昔の恋人。戻れない時間があったことさえ忙しさに追われていると、あっという間に忘れていく。書いておいてよかった、と思った。

とはいえ、そこまで変わったわけでもない。

生牡蠣という単語を見れば、ふらふらと店内に引き寄せられるし、楽しくてついワインを飲みすぎて二日酔いなんてこともしょっちゅうだ。ラーメン研究もあいかわらず続けている。

大きく変わったことといえば、食べる側から、食べてもらう側にまわったことだろうか。

自分のご飯が家族の体を日々作っているというのは、なかなか責任重大で大変なことだけど面白い。

食事だけはやっぱり誰かと一緒が嬉《うれ》しい。

それが好きな相手となら最高だ。

二〇一五年十一月十六日

島本　理生

解説

佐《さ》藤《とう》友《ゆう》哉《や》

女性作家のエッセイ集の解説。という、場違いな依頼を引き受けたのは、著者である島本理生さんが嫁さんだからでして、作中で「元夫」または「夫」と書かれているのが僕です。

この世には名解説者がごまんといますし、僕は小説だろうと解説だろうと自分のことしか書けないいきのどくな病気なのですが、本書『B級恋愛グルメのすすめ』にかんしては、だれよりもうってつけでしょう。

自分の妻に離婚や再婚をネタにされるのはどういう気分なのか？　これで仲が悪くなったりしないのか？　っていうかこの「夫」の能力値は真実なのか？　だとすれば僕いろんな意味で大丈夫なのか？　という読者のみなさんの心配は理解できますし、僕としても「実際はこんなんじゃなかった！」と弁明したくなる箇所はいくつかあります。

　ですがそういうときは、マンガ『監督不行届』（安野《あんの》モヨコ／祥伝社）の巻末での、一冊まるごと使ってネタにされた「カントクくん」こと庵野《あんの》秀明《ひであき》監督の言葉を思い出すようにしています。

　マンガに限らず小説家とか物書きは、往々にして家族を題材にした作品を描きますからね。

結婚↓離婚↓同じひとと再婚。という事態は、物書きの目からはたしかに「おいしいネタ」に見えます。それはつまりこの流れが、ちっとも一般的ではないということ。これは今も嫁さんと話すのですが、「同じひとと再婚」すると、世間から奇異の目で見られてしまうようですね。

　結婚式（再婚式？）のエピソードにちらりと出てきた僕の担当編集者に、「（結婚して変化した。という意味で）生活環境が変わったので、夜中や休日に電話を受けられなくてもうしわけありません」とメールしたところ、ふだんは寝ている午前中に電話がかかってきて、開口一番、「別れたんですか!?」と云《い》ってきました。「いえ、普通に電話を受けられなくてもうしわけないって話ですけど……」「はあ？　まぎらわしいわ！」「っていうかなんですかその誤解！」「あーもーどうでもいいわ！」「早く寝ろ！」とケンカになりました。再婚から四年目のことでした。

僕と嫁さんは、お気に入りの定食屋さんで三色丼《どん》をがつがつ食べながらその話をして、ひとしきり爆笑したあと、どちらともなく苦笑を浮かべました。

オオカミ少年ではありませんが、離婚というデカイ一発をやってしまった以上、世間からはなかなか信頼されず、「どうせお前らまた別れるんだろ？」という目で見られているのだと、あらためて現状を認識したのです。

いちど別れた夫婦がふたたびくっつく……本書では「リフレイン婚」という呼び方が一瞬だけ提唱されました……のは、「三組に一組が別れる」と云われるほどに離婚率が高くなった現在でもまだ、めずらしい。

このようにレアなことをやった僕たちは、普通に結婚したカップル以上に、周囲の視線がきびしいのです。「お前ら一回離婚したんだから、死ぬまでいっしょにいないと承知しないからな。ご祝儀ドロボーだからな。もう迷惑かけるなよ」という、自分たちを気にかけてくれるひとたちを裏切らないためにも、かならず一生を添い遂げます。前フリにならなければいいですね。

※

本書『B級恋愛グルメのすすめ』は、離婚して家族をやめたひとりの女性が、ふたたび同じひとと結婚して家族を再開させるまでの物語です。

タイトルに「B級」「グルメ」とあるように、ラーメン。イカめし。激辛カレー。海鮮丼。豆乳キムチ鍋《なべ》。オムライス。チョコレートケーキ……。安価ではあるが味はバツグンなそれらを島本さんは食い散らかし、酒も飲み散らかしています。読んでいるだけでおなかいっぱいになりそうな日々は充実していて、だけど同時に記録していなければ本人の記憶からも消えてしまいそうな危うさがあります。優雅で、楽しそうで、若々しくて、でも少しだけ必死な感じ。

それは青春とも換言できるでしょう。

この青春の積み重ねの結果が、僕との再婚につながったのかと云えば、本書を読み終えた方ならおわかりの通り、まったく関係ありません。物語をつむぐ小説家ですら縁をコントロールすることは不可能。それが結婚です。

結婚。

日本に暮らしている以上、多かれ少なかれだれもが一度は直面する問題。

古くさくなってきているとはいえ、この制度は今もあり、大人は結婚するものという前提で社会が回っている以上、やはり女性は（男性もですけど）年齢をかさねるとともに、結婚への意識が上昇する傾向にあります。

小説家は変人ばかりですし、家にひきこもっているため外との接触が希薄ですが、それでも既婚者が増えているというのが、僕の実感としてあります。「結婚とか考えられねー」と云っていたひとが子供を作ったり、「結婚なんてじょうだんじゃないわ！」と宣言していたひとが新婚旅行に出かけていたりして、結婚制度の強靭《きょうじん》さを感じずにはいられません。

それでは恋愛小説家の島本さんが、結婚についてどう考えてたのかというと、

ただ作家としてばりばり書いて一生を送ることを夢見ていた自分にとって、結婚ましてや出産は完全に二の次ではあった。

そして幸運にもデビューして十年目の、二十七歳の秋。

千四百枚の長編を書き終えた私は心身ともに脱力していた。達成感と同時に、ネタを全部使って空っぽになってしまった自分はこの先も書けるのか、と一抹の不安を覚えた。

ぼんやり天井を仰いだ私はふと考えた。

「自分の人生のネタがないなら、子供でも産んで、もう一つ人生を作ったらどうだろう」

まさかそれで……と思われるかもしれないが、本当にそんな理由で私は急きょ人生に出産というイベントを組み込んだ。

（女性作家のバースプラン／月刊ジェイ・ノベル　２０１５年11月号）


あまり一般的なものではありませんでした……。僕もこれを読んで衝撃を受けましたよ。とはいえ、結婚に理由を求めるというのは、ナンセンスなのかもしれません。「おたがい好きだから」「老後のため」「子供がほしいから」というベタな理由も、結局のところ外部への代表的な報告例にすぎず、自分の心の内にあるものとは違ったりします。

ならべるのは不謹慎かもしれませんが、殺人だってそう。「金のため」「恨みがあった」「ついカッとなって」という犯行の動機が日々のニュースに流れますが、それだけで殺人に至るとは、ニュースを読み上げているキャスターだって信じていないでしょう。だれもが納得できる「わかりやすい」理由をつけただけ。

そうさせる「何か」がやってきたので、やった。外部が理由を聞いてくるので、あたりさわりのない言葉をならべた。

実際、僕は島本さんと再婚した理由を、うまく説明できません。

「おたがい好きだから」「老後のため」「子供がほしい」という説明はたしかにやりましたし、嘘でもありませんが、真の理由なのかと問われると自信ありません。

あるとき、ある瞬間、えたいのしれない「何か」が体を通過し、結婚という選択肢をえらんだ。

僕は小説家で、それっぽいことはいくらでも云えるはずなのに、その「何か」をはっきりと言葉にすることができません。

人類は愛という感情を発明して、それ以上の説明もできないうちに社会に組みこみ、結婚というじつは曖昧《あいまい》な歯車を作り、それは今もぐるぐる回っています。

ひとはなぜ結婚するのか？

その問いに明確な答えがあたえられる日は、きっと永遠にこないでしょう。

結婚という側面のみから見ますと、作中における島本さんの「日々」や「恋愛」や「青春」や「努力」が、すべてのちにやってくる結婚に帰結してしまいますし、僕の云いようも、「結婚は最高。みんなもしたほうがいい」とか、「青春は終わった。これからは既婚者として生活するのだ」とかいった、頭を疲れさせる老人のたわごとみたいにも読めてしまいます。恋愛のゴール＝結婚。という漠然とした思いこみは、だれの頭にもいつのまにか存在していて、すべてを結婚に回収させようとする構造に感心するいっぽう、恐怖もまた抱きます。

※

そんな巨大システムを、「ネタのため」と豪語してサクッと採用した島本さんは、結婚・出産後も精力的に作品を発表しています。

育児と家事をやりつつ、よくもまあそんなに書けるものだと、間近で見ていた僕はおどろき、さらにおどろいたのは作風の変化でした。それまでの、触れるまでもなく壊れてしまいそうなセンシティヴなものや、抜け出せない闇への恍惚《こうこつ》と不安を語るものとは、また違うベクトルに向かっているのです。

何かを吹っ切ったような、世界との戦いにべつの武器を手に入れたような新たな島本さんの小説は、今までにはなかった「安心」をあたえてくれました。

「少女から女性になった」だの「人間として強くなった」だのといった「わかりやす

い」批評をする気はありません。理由は本人にしかわかりませんし、きっと本人も明確には説明できないでしょう。それでも僕は作風の変化を頼もしく感じ、この興味深い流れを追いかけてみたいと思いました。

島本さんの小説はともかく、人生のほうは夫の僕が守ってやらねばならないのですが、エッセイを読まれた方はおわかりの通り「どうかしている」ので、島本ファンはいろいろとやきもきするでしょうが、また離婚して島本さんの執筆環境を乱さないように日々を生きることにします。むろん、島本さんのことですから、離婚したとしてもそれをネタに小説を書くのでしょう。

この、頼もしくもあり恐ろしくもある女性を生涯のパートナーとして、たがいに「おいしいネタ」を提供して、それぞれの小説にひそかに……あるいは堂々と……登場するのが今から楽しみです。今後の島本作品の中で僕らしきキャラクターを見つけたら、そのときは「本当にどうかしている」と思ってやってください。

本書は、二〇一三年一月に角川書店より刊行された
単行本を、加筆修正し文庫化したものです。
初出…携帯サイト「小説屋sari-sari」二〇〇九年六月〜二〇一一年七月（「元夫に再会する」「後日談」「あとがき」を除く）
「夏の長い長い一日」「文庫化にあたってのあとがき」
は、本文庫のために書き下ろされました。

B級恋愛《きゅうれんあい》グルメのすすめ

島本理生《しまもとりお》

平成28年 1月25日　初版発行
令和6年 9月20日　7版発行

発行者●山下直久

発行●株式会社KADOKAWA
〒102-8177　東京都千代田区富士見2-13-3
電話　0570-002-301（ナビダイヤル）

角川文庫 19596

印刷所●株式会社KADOKAWA
製本所●株式会社KADOKAWA

表紙画●和田三造

●お問い合わせ
https://www.kadokawa.co.jp/（「お問い合わせ」へお進みください）
※内容によっては、お答えできない場合があります。
※サポートは日本国内のみとさせていただきます。
※Japanese text only

ISBN978-4-04-103627-3　C0195

JASRAC 出 1515394-407

◆◇◇

角川文庫発刊に際して

角川源義

　第二次世界大戦の敗北は、軍事力の敗北であった以上に、私たちの若い文化力の敗退であった。私たちの文化が戦争に対して如何に無力であり、単なるあだ花に過ぎなかったかを、私たちは身を以て体験し痛感した。西洋近代文化の摂取にとって、明治以後八十年の歳月は決して短かすぎたとは言えない。にもかかわらず、近代文化の伝統を確立し、自由な批判と柔軟な良識に富む文化層として自らを形成することに私たちは失敗して来た。そしてこれは、各層への文化の普及滲透を任務とする出版人の責任でもあった。

　一九四五年以来、私たちは再び振出しに戻り、第一歩から踏み出すことを余儀なくされた。これは大きな不幸ではあるが、反面、これまでの混沌・未熟・歪曲の中にあった我が国の文化に秩序と確たる基礎を齎らすためには絶好の機会でもある。角川書店は、このような祖国の文化的危機にあたり、微力をも顧みず再建の礎石たるべき抱負と決意とをもって出発したが、ここに創立以来の念願を果すべく角川文庫を発刊する。これまで刊行されたあらゆる全集叢書文庫類の長所と短所とを検討し、古今東西の不朽の典籍を、良心的編集のもとに、廉価に、そして書架にふさわしい美本として、多くのひとびとに提供しようとする。しかし私たちは徒らに百科全書的な知識のジレッタントを作ることを目的とせず、あくまで祖国の文化に秩序と再建への道を示し、この文庫を角川書店の栄ある事業として、今後永久に継続発展せしめ、学芸と教養との殿堂として大成せんことを期したい。多くの読書子の愛情ある忠言と支持とによって、この希望と抱負とを完遂せしめられんことを願う。

一九四九年五月三日

角川文庫ベストセラー

ナラタージュ　島本理生

お願いだから、私を壊して。ごまかすこともそらすこともできない、鮮烈な痛みに満ちた20歳の恋。もうこの恋から逃れることはできない。早熟の天才作家、若き日の絶唱というべき恋愛文学の最高作。

一千一秒の日々　島本理生

仲良しのまま破局してしまった真琴と哲、メタボな針谷にちょっかいを出す美少女の一紗、誰にも言えない思いを抱きしめる瑛子――。不器用な彼らの、愛おしいラブストーリー集。

クローバー　島本理生

強引で女子力全開の華子と人生流され気味の理系男子・冬治。双子の前にめげない求愛者と微妙にズレてる才女が現れた！　でこぼこ4人の賑やかな恋と日常。キュートで切ない青春恋愛小説。

波打ち際の蛍　島本理生

DVで心の傷を負い、カウンセリングに通っていた麻由は、蛍に出逢い心惹かれていく。彼を想う気持ちと不安。相反する気持ちを抱えながら、麻由は痛みを越えて足を踏み出す。切実な祈りと光に満ちた恋愛小説。

本をめぐる物語　小説よ、永遠に

神永　学、加藤千恵、島本理生、椰月美智子、海猫沢めろん、佐藤友哉、千早　茜、藤谷　治

人気シリーズ「心霊探偵八雲」の中学時代のエピソード「真夜中の図書館」、物語が禁止された国に生まれた子どもたちの冒険「青と赤の物語」など小説が愛おしくなる8編を収録。旬の作家による本のアンソロジー。

角川文庫ベストセラー

星やどりの声　朝井リョウ

東京ではない海の見える町で、亡くなった父の残した喫茶店を営むある一家に降りそそぐ奇跡。才能きらめく直木賞受賞作家が、学生時代最後の夏に書き綴った、ある一家が「家族」を卒業する物語。

ラヴレター　岩井俊二

雪山で死んだフィアンセ・樹の三回忌に博子は、彼が中学時代に住んでいた小樽に手紙を出す。天国の彼から？　今は国道になっているはずのその住所から返事がきたことから、奇妙な文通がはじまった。

リリイ・シュシュのすべて　岩井俊二

カリスマ歌姫、リリイ・シュシュのライブで殺人事件が起きる。サイト上で明らかになった、その真相とは？　ネット連載した小説をもとに映画化され、話題を呼んだ原作小説。

再生　石田衣良

平凡でつまらないと思っていた康彦の人生は、妻の死で急変。喪失感から抜けだせずにいたある日、康彦のもとを訪ねてきたのは……身近な人との絆を再発見し、ふたたび前を向いて歩き出すまでを描く感動作！

親指の恋人　石田衣良

純粋な愛をはぐくむ2人に、現実という障壁が冷酷に立ちふさがる——すぐそばにあるリアルな恋愛を、格差社会とからめ、名手ならではの味つけで描いた恋愛小説の新たなスタンダードの誕生！

角川文庫ベストセラー

ラブソファに、ひとり　石田衣良

予期せぬときにふと落ちる恋の感覚、加速度をつけて誰かに惹かれていく目が覚めるようなよろこび。臆病の殻を一枚脱ぎ捨て、あなたもきっと、恋に踏みだしたくなる——。当代一の名手が紡ぐ極上恋愛短篇集！

ひと粒の宇宙　全30篇　石田衣良他

芥川賞から直木賞、新鋭から老練まで、現代文学の第一線級の作家30人が、それぞれのヴォイスで物語のひだを情感ゆたかに謳いあげる、この上なく贅沢な掌篇小説のアンソロジー！

刺繡する少女　小川洋子

寄生虫図鑑を前に、捨てたドレスの中に、ホスピスの一室に、もう一人の私が立っている——。記憶の奥深くにささった小さな棘から始まる、震えるほどに美しい愛の物語。

偶然の祝福　小川洋子

見覚えのない弟にとりつかれてしまう女性作家、夫への不信がぬぐえない妻と幼子、失踪者につい引き込まれていく私……心に小さな空洞を抱える私たちの、愛と再生の物語。

夜明けの縁をさ迷う人々　小川洋子

静かで硬質な筆致のなかに、冴え冴えとした官能性やフェティシズム、そして深い喪失感がただよう——。小川洋子の粋がつまった粒ぞろいの佳品を収録する極上のナイン・ストーリーズ！

角川文庫ベストセラー

ああ息子
西原理恵子
＋母さんズ

耳を疑うような爆笑エピソードの数々。でもみんな、本当にあった息子の話なんです――!! 息子の「あちゃちゃ」なエピソードに共感の声続々！ 育児中のママ必携の、愛溢れる涙と笑いのコミックエッセイ。

ああ娘
西原理恵子
＋父さん母さんズ

ほっこりすること、愛らしいこと――娘をもつ親なら、きっとみんな〝あるある！〟と頷いてしまうこと間違いなしの、笑いと涙の育児コミックエッセイ。息子とは違う「女」としての生態が赤裸々に！

誰もいない夜に咲く
桜木紫乃

寄せては返す波のような欲望に身を任せ、どうしようもない淋しさを封じ込めようとする男と女。安らぎを切望しながら寄るべなくさまよう孤独な魂のありようを、北海道の風景に託して叙情豊かに謳いあげる。

ワン・モア
桜木紫乃

月明かりの晩、よるべなさだけを持ち寄って躰を重ねる男と女は、まるで夜の海に漂うくらげ――。どうしようもない淋しさにひりつく心。切実に生きようともがく人々に温かな眼差しを投げかける、再生の物語。

白雪堂化粧品マーケティング部 峰村幸子の仕事と恋
瀧羽麻子

峰村幸子が新卒で入社した白雪堂。技術力が高いこの会社だが、30年間売り続けてきた看板ブランドの売上げは右肩下がりで……あたりまえの日々が愛しくなる、好感度ナンバーワンのお仕事小説。

角川文庫ベストセラー

からまる　千早　茜

生きる目的を見出せない公務員の男、不慮の妊娠に悩む女子短大生、そして、クラスで問題を起こした少年……。注目の島清恋愛文学賞作家が〝いま〟を生きる7人の男女を美しく艶やかに描いた、7つの連作集。

ふちなしのかがみ　辻村深月

冬也に一目惚れした加奈子は、恋の行方を知りたくて禁断の占いに手を出してしまう。鏡の前に蠟燭を並べ、向こうを見ると——子どもの頃、誰もが覗き込んだ異界への扉を、青春ミステリの旗手が鮮やかに描く。

本日は大安なり　辻村深月

企みを胸に秘めた美人双子姉妹、プランナーを困らせるクレーマー新婦、新婦に重大な事実を告げられないまま、結婚式当日を迎えた新郎……。人気結婚式場の一日を舞台に人生の悲喜こもごもをすくい取る。

短歌ください　穂村　弘

本の情報誌「ダ・ヴィンチ」の投稿企画「短歌ください」に寄せられた短歌から、人気歌人・穂村弘が傑作を選出。鮮やかな講評が短歌それぞれの魅力を一層際立たせる。言葉の不思議に触れる実践的短歌入門書。

結婚願望　山本文緒

せっぱ詰まってはいない。今すぐ誰かと結婚したいとは思わない。でも、人は人を好きになると「結婚したい」と願う。心の奥底に巣くう「結婚」をまっすぐに見つめたビタースウィートなエッセイ集。